互联网＋创新版 语文新课标必读丛书

整本书阅读课程化训练

（八·下）

丛书顾问：吴欣歆
主编：朱艳春
编写：常玉 范译丹 熊素文 许海霞

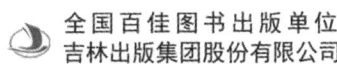

全国百佳图书出版单位
吉林出版集团股份有限公司

丛书主编

朱艳春　中国高等教育学会教师分会语文教师教育中心副理事长,北京市中语会常务理事,北京市语文学科带头人,北京市通州区教师研修中心语文学部部长,陕西师范大学教育科学院特聘专家。著有《做语言文字的炼丹人》《初中语文微课设计与评析》等。

丛书顾问

吴欣歆　教育学博士,北京教育学院人文与社会科学学院院长,中文系教授,主要研究方向为语文课堂教学改进,骨干教师教学特色提炼,著有《高中语文选修课选择性的实现——执行课程层面的探索》《十年了,停下来思考》《初中写作教学实践指要》等书,主编过《书册阅读教学现场》《高中经典阅读教学现场》等书。

编委会

常玉:

首都师范大学附属中学通州校区高级语文教师。获得"通州区师德标兵""通州区骨干教师"等荣誉称号。积极投身教学改革,参与《初中一年级学生语文阅读兴趣培养》《全国教育科学"十二五"规划教育部规划课题"少教多学"在中小学语文教学中的策略与方法的研究》《中华优秀传统文化与现代语文课堂教学实践研究》等多项课题的研究,取得显著成果。

范译丹:

2017年毕业于清华大学,获硕士学位,现为中国人民大学附属中学通州校区语文教师。获得过北京市中小学新任教师第二届"启航杯"教学风采展示活动二等奖,北京市中小学第二届"京教杯"通州区青年教师教学基本功展示活动二等奖,通州区第一届"新蕾杯"二等奖等荣誉,所撰写的论文多次在区、市级比赛中获奖。

熊素文:

北京市陈经纶中学本部初中语文教师,北京市语文学科骨干教师,首师大全日制专业学位教育硕士研究生教育实践指导教师,北京教育学院教师实践培训基地研修项目指导教师。曾获首届全国语言运用基本功大赛二等奖,北京市初中教师教学基本功培训和展示活动二等奖。

许海霞:

通州区第六中学一级语文教师。获通州区第七届"秋实杯"课堂教学评优活动一等奖,论文、课堂实录曾获全国优质教育成果奖,多次被评为初三毕业班工作"优秀教师",多篇论文获得市、区级奖项。

前 言

在整本书阅读方面,叶圣陶曾提出"把整本书作主体,把单篇短章作辅佐",很多语文教育专家也大力倡导整本书阅读。

整本书阅读是语文课程多种教学组织形态之一。现今语文课堂上使用的语文教材以单篇文章为主,阅读时间短、阅读目的单一,难以建构文章间的意义关联,散点式阅读的倾向比较明显。日常生活中的阅读常常依托数码产品,微信、微博等阅读形式直接导致阅读的碎片化。校园学习和社会生活中的阅读都带有明显的拼接印记。《中国学生发展核心素养》提出的"文化基础",在语文课程中主要表现为"人文底蕴",指向对人文积淀、人文情怀的关注。基础、底蕴和情怀都需要积淀,积淀需要长时间的稳定状态,散点式、碎片化、拼接型的阅读却在不断切割、打断、搅动学生的阅读。因此,增加整本书阅读在语文课程中的权重是比较合理的策略。初中语文统编教材加大了名著阅读的比重,积极倡导整本书阅读。整本书阅读具备四个方面的教学价值:提供相对完整的文化场域、推动认识过程的逐渐完善、促进阅读策略的综合运用、承载综合能力的进阶发展。

2018年1月,《普通高中语文课程标准(2017年版)》正式颁布,它首次以"学习任务群"的形式规定了高中语文课程的基本内容。其中,"整本书阅读与研讨"是第一个"学习任务群","旨在引导学生通过阅读整本书,拓展阅读视野,建构阅读整本书的经验,形成适合自己的读书方法,提升阅读鉴赏能力,养成良好的阅读习惯,促进学生对中华优秀传统文化、革命文化、社会主义先进文化的深入学习和思考,形成正确的世界观、人生观和价值观"。

落实学习任务群:"一要具有'任务'意识,善于将学习内容'任务化';二要增强'整体'意识,用任务群的整体目标统摄不同的学习内容和学习活动;

三是提高'统筹'能力,恰当处理不同任务群之间的关系。"学习任务群涉及的言语实践活动并非"原生态"的语文生活,而是基于语文课程的总体目标,立足学生语文核心素养发展的基本过程筛选出的教学形态的言语实践活动。学生需要在教师指导下,借助所学的语文知识分析、解决问题,在此过程中,阅读与鉴赏、表达与交流、梳理与探究等学习内容综合涉及,基础知识的积累、基本技能的提高与整体推进,必备能力、关键品格、价值观念的形成与发展融为一体。具体到教学中,思维发展与提升、审美鉴赏与创造、文化传承与理解总是在语言建构与运用的过程中实现,在不同的学习情境中,学生分析理解、综合运用所学知识解决问题的能力得到综合发展。

学习任务群以自主、合作、探究性学习为主要学习方式,凸显学生学习语文的根本途径。学习任务群追求语言、知识、技能、思想情感和文化修养等多方面、多层次目标发展的综合效应,而不是学科知识逐"点"解析、学科技能逐项训练的简单线性排列和连接。其教学旨在引领语文教学的改革,力求改变教师大量讲解分析的教学模式。

因此,为了与高中语文整本书阅读教学衔接,本书在整本书阅读指导内容上以"学习任务设计"为主要抓手,引导学生进行高效的整本书阅读,有计划、有系统地针对初中统编教材三个年级的名著阅读进行阅读指导。力求通过指导,拓展学生的阅读领域,探究多样的有效阅读整本书的途径,提高学生的阅读能力,丰厚学生的文化底蕴,提升学生的审美品位,从而确立正确的世界观、人生观和价值观。

这套丛书,对教师教学理念的改变将起到强有力的推动作用,让教师明确整本书阅读的教学设计与单篇阅读教学设计的本质区别;对学生的学习习惯会有一个有价值的引导,学生会在自主阅读的过程中,自然产生怀疑、鉴赏等思维活动,书中大量的学生作品足以证明,只要敢于给予学生独立的舞台,学生一定会演绎出精彩的生命画卷。

吴欣歆
2019 年 8 月

如何阅读《傅雷家书》

- 一　学习目标 / 2
- 二　作品清单 / 2
- 三　学习任务规划 / 4
- 四　学习任务现场 / 6
- 五　学习效果评价 / 24

如何阅读《给青年的十二封信》《苏菲的世界》

- 一　专题设计依据 / 28
- 二　学习目标 / 31
- 三　学习任务规划 / 31
- 四　学习任务现场 / 33
- 五　学习效果评价 / 60

如何阅读《钢铁是怎样炼成的》

- 一　学习目标 / 64
- 二　作品清单 / 64
- 三　学习任务规划 / 68

四　学习任务现场 / 69
五　学习效果评价 / 90

如何阅读《平凡的世界》《名人传》

一　专题设计依据 / 94
二　学习目标 / 98
三　学习任务规划 / 99
四　学习任务现场 / 100
五　学习效果评价 / 111

如何阅读《傅雷家书》

常玉◎编

(首都师范大学附属中学通州校区高级语文教师)

教师编写参考图书

一 学习目标

1. 浏览整本书，了解本书涉及的年代及书信中涉及的生活和艺术的相关内容，初步感受家书中寄托的情感。

2. 精读整本书，选取自己感兴趣的家书，通过比较阅读，整体感知家书中作者对人生和艺术的深刻体悟、对儿子的殷殷期望和深厚的情感。

3. 品析《傅雷家书》的语言特点，丰富对父亲形象的认知、感受和理解，提升思维发展与审美鉴赏能力，拓展延伸到写作。

二 作品清单

（一）内容速览

本书是傅雷写给儿子傅聪的家书合集。家书是真情的流露，再加上傅雷深厚的文学功底和艺术修养，语言生动优美，读来感人至深。很多读者能从中学到不少做人的道理，提高自己的修养。

傅雷的家书不仅仅是单纯的父子之间的书信。傅雷在给傅聪的信里这样说："长篇累牍的给你写信，不是空唠叨，不是莫名其妙的 Gossip，而是有好几种作用的。第一，我的确把你当作一个讨论艺术，讨论音乐的对手；第二，极想激出你一些青年人的感想，让我做父亲的得些新鲜养料，同时也可以间接传布给别的青年；第三，借通信训练你的——不但是文笔，而尤其是你的思想；第四，我想时时刻刻，随处给你做个警钟，做面'忠实的镜子'，不论在做人方面，在生活细节方面，在艺术修养方面，在演奏姿态方面。"

由此可见，傅雷在家书中除倾注了一名父亲对远在国外的儿子的关心与思念之外，更包含了中国哲学思想、做人的道理、生活的细节、爱国情感的教育、艺术修养以及婚姻爱情观念等内容。读来能够给人启迪和深思，令人收获颇多。

（二）作者详解

傅雷（1908—1966），生于原江苏省南汇县下沙乡（今上海市浦东新区航头镇）。他是中国著名的翻译家、作家、教育家、美术评论家，中国民主促进会的缔造者之一。傅雷于1928年留学法国巴黎大学，学习艺术理论，并受罗曼·罗兰影响，热爱音乐。他翻译了大量的法文作品，主要为巴尔扎克、罗曼·罗兰、伏尔泰等名家著作，包括《约翰·克利斯朵夫》《高老头》《艺术哲学》等。20世纪60年代初，傅雷因在翻译巴尔扎克作品方面的卓越贡献，被法国巴尔扎克研究会吸收为会员。其有两子傅聪、傅敏，傅聪为世界范围内享有盛誉的钢琴家，傅敏为英语教师。

（三）背景知识

《傅雷家书》是由傅雷及夫人写给儿子傅聪和傅敏的书信编纂而成的一本集子。爱子之情本是人之常情，但傅雷对儿子的教育，始终把道德与艺术放在第一位，把舐犊之情放在第二位。家书中首先强调的，是一个年轻人如何做人、如何对待生活的问题。

傅雷一生严谨、一丝不苟，为人正直坦荡。在书信中，他现身说法，用自己的经历和人生经验教导儿子待人要谦虚，做事要严谨，礼仪要得体；遇困境不气馁，获大奖不骄傲；要有国家和民族的荣辱感，要有艺术、人格的尊严，做一个"德艺兼备、人格卓越的艺术家"。同时，傅雷对儿子的生活进行了有益的引导，如日常生活中如何劳逸结合、正确理财，如何正确处理人际关系，如何对待爱情和婚姻等问题，父亲都像良师益友一样提出意见和建议，拳拳爱子之心，溢于言表。

傅雷是中国著名翻译家，他学识渊博，涉猎广泛，对美术及音乐等方面有很高的造诣，因此这些家书还以相当多的篇幅谈美术，谈音乐作品，谈表现技巧、艺术修养等。不管是傅聪在波兰留学、获得国际大奖，还是学成后赴世界各地演出，作为父亲的傅雷始终关注着儿子在音乐艺术道路上的成长，不时给予指点。尤其是经常给他邮寄中国古典文学名著和有关绘画、雕塑等艺术理论方面的书籍，鼓励他多从诗歌、戏剧、美术等艺术门类中汲取营养，提高自身的艺术修养。《傅雷家书》是一本"充满父母关爱呕心沥血的教子篇，是最好的艺术学徒的修养读物"。

三 学习任务规划

"读整本的书"是叶圣陶语文教育思想的重要组成部分。整本书阅读能够扩大阅读空间，培养学生良好的阅读习惯，同时发展语言，锻炼思维，强健精神，提升境界。通过综合对照多部作品，对整本书进行阅读讨论，促进学生做出新的思考和判断，使学生的思维更加深入。通过整本书阅读，深入探究作品内涵，着眼于全面提升学生的语文学科核心素养，引导学生形成正确的世界观、人生观和价值观。

如何阅读《傅雷家书》

学习任务		内容与理解	表达与交流	欣赏与探究
任务一	内容	初步阅读《傅雷家书》，按照时间顺序，梳理内容。	精读《傅雷家书》，以傅聪的经历为核心，梳理家书中父亲的角色变化，感受父亲对孩子浓浓的爱意。	家书是真情的流露，再加上傅雷深厚的文学功底和艺术修养，使这些文字生动优美，读来感人至深。品味书中有特色的语言，深入体会父亲的情感。
	说明	以年为单位进行统计，梳理家书的内容，了解傅雷的经历和傅聪的生活轨迹，初步理解整本书的基本内容。	把握父子间关系变化，在生活的琐碎中、在艺术的探索中、在情感的表达上，体会父亲的角色变化与父爱的体现，表达自己的阅读体验。	多角度地体会父子间的情感。增强思维的深刻性和独创性，进行美的表达与创造，提升创新意识。利用角色互换的形式，综合提升语文学科核心素养。
任务二	内容	精读整本书，梳理父亲在家书中与儿子交流的事件内容。	精读《傅雷家书》，绘制手抄报，就家书中父亲所给出的建议进行分类，感受父亲对儿子的爱，体会作者对儿子的教育。	通过比较阅读《曾国藩家书》《颜氏家训》《红色家书》等，谈谈你对家书文化的体会，并且尝试用书信的形式进行交流。

续表

学习任务		内容与理解	表达与交流	欣赏与探究
任务二	说明	把握家书的具体内容,通过大事件的梳理,体会家庭的温暖、父母的关爱。理解教育从来都是润物细无声的春雨,漫润在孩子成长的每一刻。	文中父亲或以自己的生活经历现身说法,或以中肯的建议进行指导。学生以小组为单位整合信息,注重交流与沟通,提升信息的整合能力,提升审美鉴赏与创造能力。	通过阅读,深入理解"家书"的内涵,深入感受家书文化,增强思维的深刻性和批判性,提高鉴赏品位,树立正确的世界观、人生观和价值观,传承中华优秀文化。
学习方式		自主阅读	合作交流	对比探究

四 学习任务现场

（一）"内容与理解"学习任务设计

【任务一】

快速阅读整本书,绘制家书一览表,了解其中涉及的年代和个人成长经历的变化,体会家书中直接流露出的情感。

【设计意图】

此学习任务旨在引导学生进行快速的阅读,运用速读、浏览的方式进行整本书阅读。借助家书书写时间上的变化和间隔,体会父母对孩子的牵挂、惦念和爱护之情。

【成果展示】

学生作品1

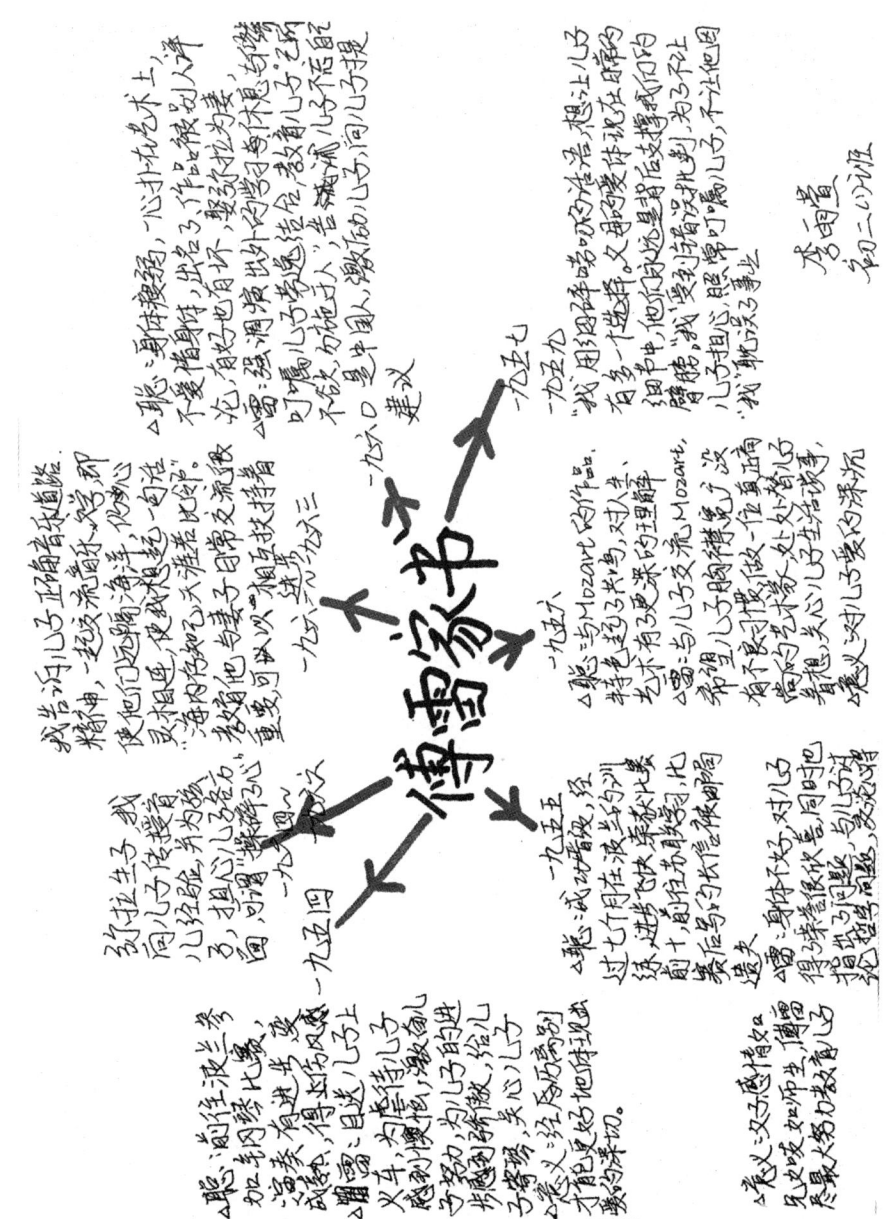

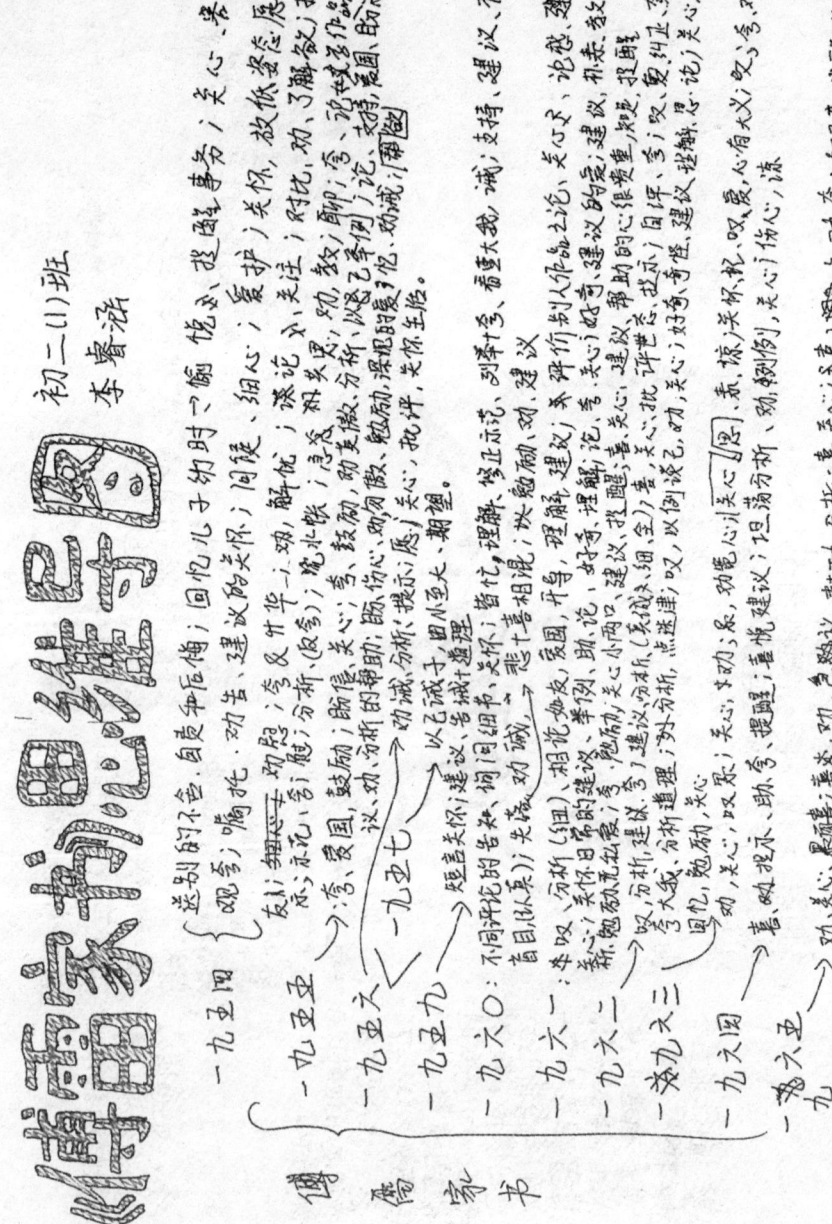

【作品评析】

　　此学习内容，是采用整本书阅读"内容重构"策略，通读全文后，提取相关信息。主要用于梳理家书中人物的经历和写家书的背景。重新组织这些内容，建构客观完整的认识。这一学习任务是以时间为线索，完成对整本书内容的重构。从学生呈现的作品来看，学生通过画图的形式，较为清晰地勾勒出家书的时间，从1954年到1966年，长达12年。同时出现的时间还有家书的具体日期，如1954年8月11日午前、1954年8月16日晚、1954年9月4日等。由这些时间上的变化不难看出，傅雷夫妇对远在异国他乡的孩子饱含的无限惦念和关爱。

【任务二】

　　再读《傅雷家书》，梳理父亲在家书中与儿子交流的事件内容。体会家庭的温暖、父母的关爱。理解教育从来都是润物细无声的春雨，浸润在孩子成长的每一刻。

【设计意图】

　　此学习任务旨在引导学生再次对文本材料进行精读与筛选性阅读。了解家书中父亲与儿子谈论的话题内容。从话题内容上的变化，我们可以看出，父亲对孩子的教育是全方位的。通过对父子家书中所谈论事件和内容的梳理，我们可以更加深入地理解父亲的形象特征和父亲对孩子所寄托的情感。

【成果展示】

学生作品1

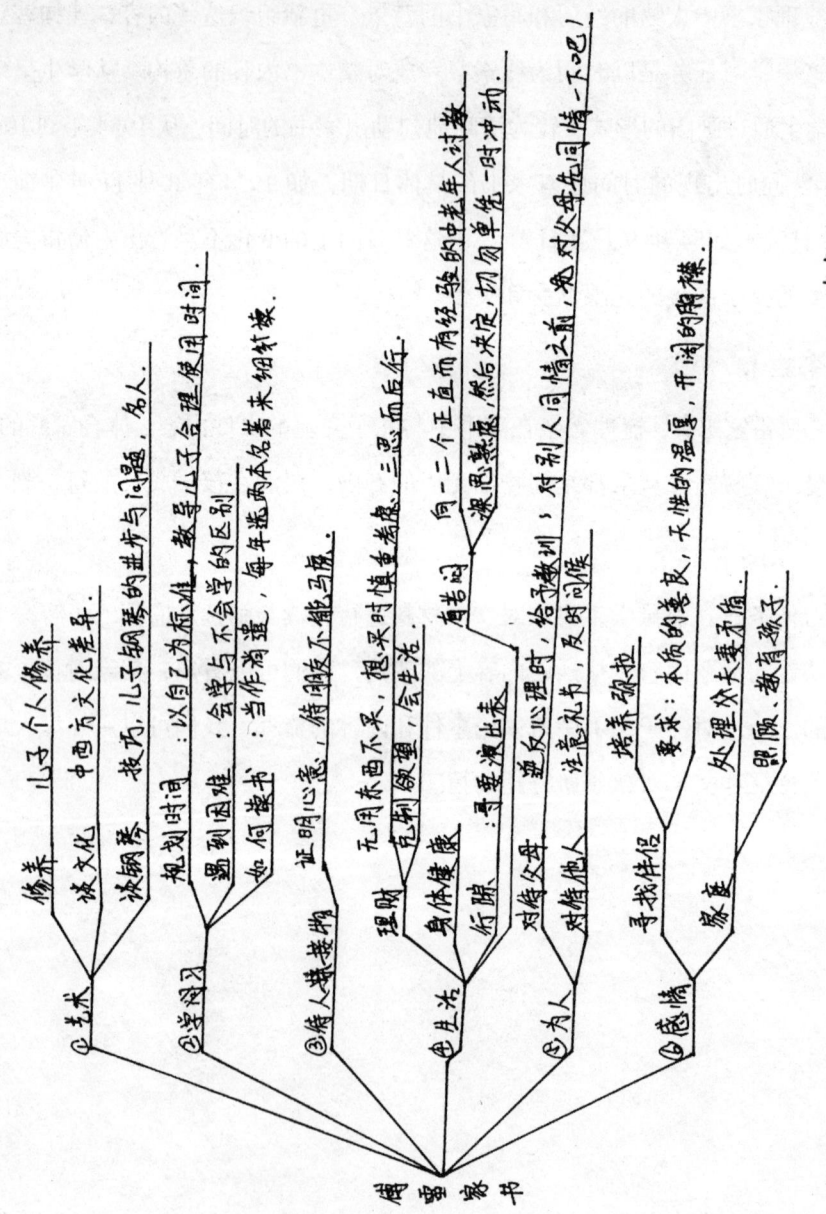

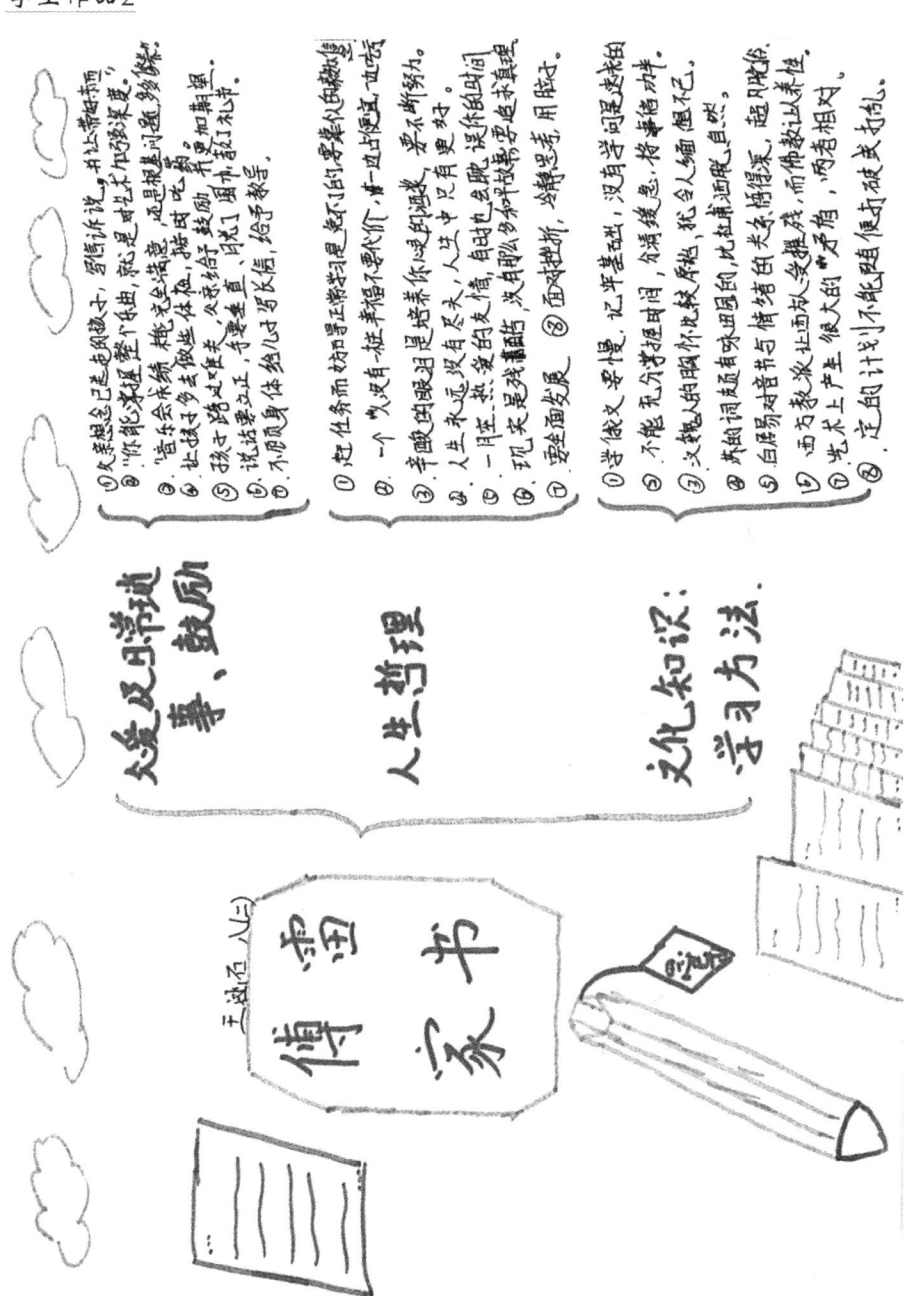

【作品评析】

这一学习任务是以家书所涉及的话题为线索,完成对整本书内容的重构。从学生呈现出的作品可以看出,学生能够精读并进行选择性阅读,将涉及的话题进行很好的归类,并能够很好地理解话题中折射出来的真挚情感,进一步体会全书的内涵。

(二)"表达与交流"学习任务设计

【任务一】

再次精读整本书,体会作者傅雷的角色发生了怎样的变化,体会父亲的用心良苦。

【设计意图】

这次学习任务主要围绕体会和思考傅雷作为父亲对孩子的众多建议。对于孩子成长中遇到的问题(同样的问题,可能会在不同的时间重复出现),作为父亲的傅雷,又将给予怎样的解决建议,他所扮演的角色又会发生怎样的变化呢?借助"闪回"这一策略,学生能够更好地理解人物的情感,作者的创作意图,实现与作者的深度对话。

【成果展示】

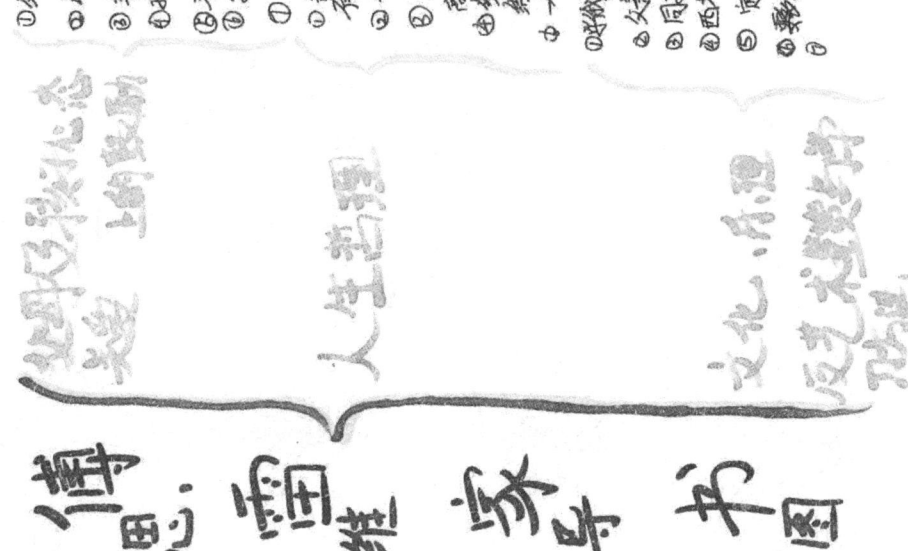

学生作品2

习惯

1. 好习惯是成功人生的基石，所以穿着得体就是一种——成功法则。
2. 拥有一个好习惯，就要有一个好的习惯。
3. 良好的习惯是健康人格之基。
4. 事实上，一切不是习惯。

要想养成一个好习惯，等于向成功单迈进一步。
一个好习惯的养成在于日积月累，从日常生活中的点点滴滴开始做起。

十二个学习习惯

1. 课前预习成习惯
2. 专心听课成习惯
3. 勤动手动脑成习惯
4. 认真做听写成习惯
5. 讨论交流成习惯
6. 反思总结成习惯
7. 善于思考成习惯
8. 认真书写成习惯
9. 仔细审题成习惯
10. 按时完成作业成习惯
11. 按时纠错成习惯
12. 阅读课外书籍成习惯

要想培养一个好习惯，兴趣是培养习惯的动机，兴趣可能培养习惯，由此而产生动机。入门现象，这时候，总是能否受到良好的培育，总须要引导，帮助受教长与老师由引导帮助受教的配合。

养成好习惯

【作品评析】

　　这一学习任务是从孩子的角度感受父亲的角色变化，从而完成对整本书内容的重构。傅雷先生一生严谨，为人坦荡，学生通过梳理可以感受到，作为父亲的傅雷进行了从"父亲"到"人生导师"的角色变化，教会孩子如何在困境中坚强，如何在成绩与荣耀前谦逊，如何更好地做艺术家、做钢琴家，成为孩子艺术道路上的知音。谈婚恋问题，谈家庭责任问题，谈孩子的教育问题，对儿子的生活进行了有益的引导，成为他人生道路上的指路人。

【任务二】

　　家书中父亲一直关注着远在海外的儿子，是成功还是失败，一直牵动着父亲的心和情，傅雷会对孩子的处境给出合理的建议。具体分析这些建议，进一步体会父亲的形象。

【设计意图】

　　本次学习任务旨在帮助学生分析父亲教育孩子方面所做出的努力。由于所扮演的角色会发生变化，所以教育的手段和方式也会不断地变化，通过具体的家书内容，让学生们感受到作为父亲的不容易，进一步体会父爱的深沉与厚重。

【成果展示】

学生作品1

《傅雷家书》的内容（思维导图）

初二（2）班 朱羽辰

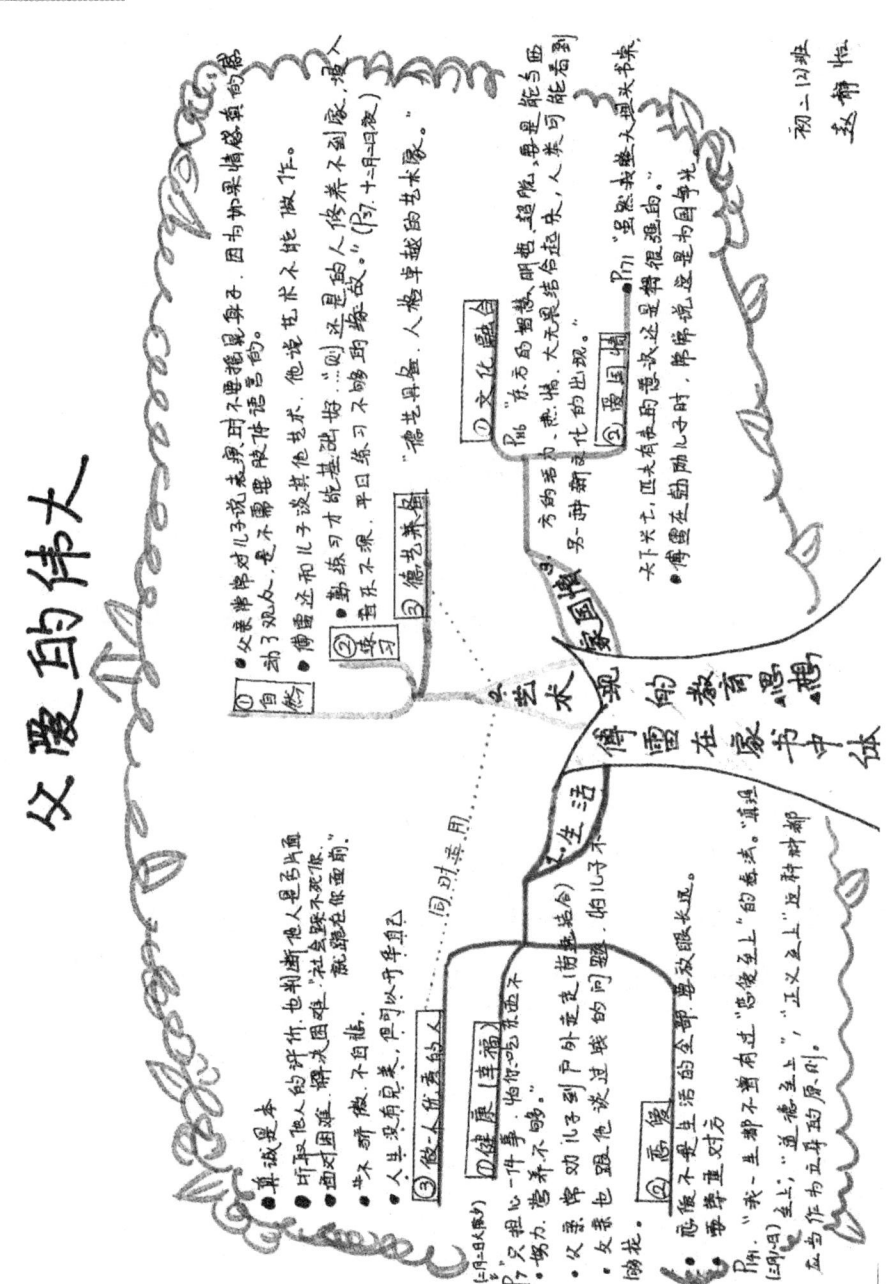

【作品评析】

此学习任务的设计,激发了学生极大的阅读兴趣。学生身边的父亲要么是严厉、不苟言笑的,要么就是什么都不管,那么傅雷这位父亲又是如何教育孩子的呢?这位父亲用自己的经历和人生经验教导儿子待人要谦虚,做事要严谨,礼仪要得体;遇困境不气馁,获大奖不骄傲;要有国家和民族的荣辱感,要有艺术、人格的尊严,做一个"德艺兼备、人格卓越的艺术家"。同时,又耐心地告诉孩子在日常生活中要学会如何劳逸结合、正确理财,如何正确处理人际关系等问题,父亲成了无话不谈的良师益友,拳拳爱子之心,溢于言表。

(三)"欣赏与探究"学习任务设计

【任务一】

品读《傅雷家书》,品味书中有特色的语言,深入体会父亲的情感。

【设计意图】

欣赏文学作品的语言,感受语言的独特魅力。文学作品的语言,有的诙谐幽默,有的庄重典雅;有的朴素自然,有的华丽奇幻;有的含蓄深沉,有的简洁明快;有的豪放雄浑,有的清新婉约。此学习任务旨在引导学生运用品读方式,从分析文学作品语言特色的角度入手,品析本文的语言,学习与人沟通交流的艺术,品味字里行间所蕴含的真挚而纯粹的情感,深入理解人物的精神世界。

如何阅读《傅雷家书》

【成果展示】

学生作品1

傅雷家书之家书名言

1. 只有傻瓜才自己碰了钉子方始回头；聪明人看见别人吃亏就学了乖。

2. 孩子，可怕的敌人不一定是面目狰狞的，和颜悦色，满腔热血的友情，有时也会贻误你许多宝贵的时间。

3. 将失成败尽置之度外，只求竭其所能，无愧于心。

4. 一个人惟有敢于正视现实，正视错误，用理智分析，彻底感悟，才不至于被回忆侵蚀。

5. 辛酸的眼泪是培养你心灵的酒浆。

6. 多抑制感情，多着重于技巧，多用理智，我相信一定能减少疲劳。

7. 老是爱着自己，不正视自己，不正视现实，不挖根，而拖泥带水，不晴不雨地糊下去，只有给你精神上更大的害处。该拿出勇气来，彻底清算一下。

8. 不为胜利冲昏了头脑是坚强的最好的证据。

9. 一个又一个的筋斗栽过去，只要爬得起来，一定会逐渐攀上高峰，超脱在小我之上。辛酸的眼泪是培养你心灵的酒浆。

10. 母性的伟大不在于理智，而在于那种直觉的感情。

傅雷家书 ② 经典精美的语言

学生作品1

1. 爸爸已经进入人生的秋季，许多地方都要逐渐落在你们年轻人的后面，能够帮你的忙将要越来越减少：一切要靠你自己努力，靠你自己鞭策，自己把握。你说到技巧与实践的结合，但愿你能把这句话用在人生的实践上去；那末你这朵花一定能开得更美，更有力，更长久！

2. 比如你自己，过去你未尝不知道莫扎特的特色，但你对他并没发生真正的共鸣了：感之不深，爱之不切，弹出来当然也不够味儿；而越是不够味儿，越是引不起你兴趣。如此循环下去，你对一个作家当然无从深入。

【句子】我以前在信中和你提过感情的创伤就是要你把这些事当做心灵的灰烬看，盾的时候当然不免感触万端，但不要刻骨铭心的存着，而要像对着古战场一般的存着凭吊的心怀。

【赏析】这句话意在说明控制情绪的必要。对于感情的创伤，要"当做心灵的灰烬看"，凭吊古战场一般的存着凭吊的心扬。像吊古战场时，烈火硝烟散尽，只余断壁残垣，金戈铁马，血肉厮杀都已被岁月掩埋，沉凉而感慨，苍凉而平静，沉凉而超然。这就是我们对待往事应有的心态。

【作品评析】

人际交往中言辞的美，是社会美之一。其基本要求为：语言准确、鲜明、生动以及和气、文雅、谦逊、有礼貌。一封封书信，含蓄深沉，在表达浓浓亲情的字里行间，映照出美好的人际关系、高尚的生活准则、优良的行为操守与道德传统，是心灵美在言语上的表现。学生从作品的哲学美和艺术美两个方面进行整理，从整理的内容不难看出，学生能够很明确地认识到优美且富有哲理的语言不但可以很准确地表达作者的真情实感，更可以使读者加强语言修养，提高思想文化素质，培养心灵美。

【任务二】

通过比较阅读《曾国藩家书》《颜氏家训》《红色家书》等，感受家书文化，并且尝试用书信的形式进行交流。

【设计意图】

对于自己的儿女，不论他在何时何地，他的年纪有多大，学习工作是一帆风顺还是在经历坎坷，家始终是温暖的港湾，父母关切的目光始终陪伴在孩子的身边。母爱如水温柔而缠绵，父爱如山，深沉而厚重。通过本学习任务，用书信的方式和父母交流，增进学生对父母的感恩之情，更好地感受和珍惜父母亲情。

【成果展示】

学生作品1

家书·家训·家风——促我成长

关于教育的目的，颜之推指出："古之学者为人，行道以利世也；今之学者为己，修身以求进也。"古今学者为己，修身以求进也。即儒家宣扬的那一套儒家理想和道德修养的内容；"修身以求进"思想渊源于孔子的"修己以安人"，孟子为己。（有良好的道德修养）才能更有效地"利世"（治国平天下）。从政治家到各种专门人才，都应培养。这些人才应专精一职，具有应世任务"的能力，是国家实际有用的人才。颜之推的这种观点，冲破了传统儒家的培养比较抽象的君子、圣人的教育目标，而以各种实用人才的培养作为教育的重要目标。

《曾国藩家书·修身之道》中，许多书信都涉及到修身养益寿之道。从该书中可以看出曾国藩在继儒父亲保身之则——"节劳、节欲、节饮食"的基础上，他还常常提醒家人以保身为重，如"弟此时无论如何懊恼，总以保养身体为第一着。""惟望兄弟各善调摄，异日相见，尚各康强为幸。""谦之存诸中者不可知，其著于外者，约有四端：曰面色，曰言语，曰书函，曰仆从属员......以后宜于此四端痛加克治，此谦字工夫也。""吾人只有进德、修业两事靠得住。进德，则孝弟仁义是也；修业，则诗文作字是也。""傲气既长，终不进功，所以潦倒一生，而无寸进也。"这就是被后人推崇为"官场楷模"的曾国藩写给诸弟的信件中语重心长的叮嘱、期盼和警醒，包括了待人谦虚、修德立业和戒骄求进等方面的品德。这充分体现了"中兴第一名臣"对"品德"二字的重视，并以身作则。

22

学生作品2

写给妈妈的信

亲爱的妈妈:

　　落日的余晖轻轻地洒进屋子,把飘香的餐桌点缀得更加金碧辉煌。全家分享着那盘金黄酥脆的藕荷,我还时不时地用舌头舔舔留在嘴角的"珍馐"。不一会儿,盘子里便只剩下最后一块,似乎在等着我们"争抢"。

　　"快吃了它!"您指着藕荷道。

　　"妈妈,您吃。"我把伸出去的筷子又缩了回来。

　　"我饱了,再不吃就凉了,快!"说着,您把藕荷塞进我的嘴里。

　　您说谎了,而我并没有拆穿,小小的谎言里藏着深沉的爱。

　　"快把水装好,风油精在边上,小心点,这季节的蚊子可毒了……哦,对了,我还给你带了防暑药,就在书包的侧兜里,不舒服要和教官说,不要硬撑……"军训的前一天晚上,您一遍又一遍,不厌其烦地嘱咐着我。"妈,我知道了,您放心吧。"您一愣,露出了欣慰的笑容。

　　这絮絮叨叨的话语里,浸透着最深沉、最简明的爱。如今,我读懂了这份爱,也想对您说一句:"妈妈,辛苦了。妈妈,我爱您!"

【作品评析】

　　通过阅读其他家书作品,学生增进了对家书文化、家书精神激励作用的理解,体会到家书中饱含的亲情。父母对孩子的爱是深沉的、至高的、无私的,但是很多学生不能理解和体会,加之处于青春期,羞于对父母表达自己的感恩之情。通过给父母写信,学生能够将平时难以开口表述的话语,变成文字,变成父母和孩子沟通的桥梁,增进了学生对父母的理解与爱。

五　学习效果评价

学生层次	评价标准
基础扎实，阅读素养高的学生	1. 故事情节 有浓厚的阅读兴趣。能依据学习任务，准确地梳理家书的内容，理解人物的情感。 2. 人物形象 能够从不同的角度、不同的层次欣赏品评人物形象。 能够明确地阐释自己感兴趣的情节和对人物形象的理解和评价。 3. 主旨内涵 具有多元文化的意识。能够结合具体的情节，多角度、多层次分析作品的主旨内涵。 具有批判性的阅读意识。能够进行比较阅读，取其精华。 4. 文化背景 有主动探究文化问题的意识，能够借助比较阅读、补充资料，理解作品的时代特色和社会内涵。 5. 读写结合 能够结合作品、自己的生活经历和社会的实际情况进行文学作品创作。通过读写结合的形式深化对作品的理解，丰富自己的文学底蕴。
基础良好，阅读素养较高的学生	1. 故事情节 有比较浓厚的阅读兴趣。能依据学习任务，梳理家书的内容，理解人物的情感。 2. 人物形象 能够从不同的角度，不同的层次把握人物形象，感悟人物情感。 能够阐释对自己感兴趣的人物形象的理解和评价。

续表

学生层次	评价标准
基础良好，阅读素养较高的学生	3. 主旨内涵 具有多元文化的意识。能够结合具体的情节，多角度，多层次分析作品的主旨内涵。 具有批判性的阅读意识。能够进行比较阅读，取其精华。 4. 文化背景 能够借助比较阅读、补充资料和相关的情节，理解作品的时代特色和社会内涵。 5. 读写结合 能够结合作品、自己的生活经历和社会的实际情况进行文学作品创作。有自己的见解，通过读写结合的形式深化对作品的理解。
基础一般，阅读素养待提升的学生	1. 故事情节 有一定的阅读兴趣。能依据学习任务，梳理作品情节，了解基本内容。 2. 人物形象 结合具体的情节把握人物形象。 3. 主旨内涵 了解作品的主旨内涵，并且借助具体的情节进行较合理的阐释。 4. 文化背景 能够借助比较阅读、补充资料，理解作品的时代特色和社会内涵。 5. 读写结合 能够结合作品、自己的生活经历和社会的实际情况进行文学作品创作。能较清晰地阐述自己的阅读体验。

如何阅读
《给青年的十二封信》
《苏菲的世界》

范译丹 ◎ 编

(中国人民大学附属中学通州校区语文教师)

教师编写参考图书

一　专题设计依据

（一）核心理念

《普通高中语文课程标准（2017年版）》中提出"思辨性阅读与表达"任务群，旨在引导学生学习思辨性阅读和表达，发展实证、推理、批判与发现的能力，增强思维的逻辑性和深刻性，认清事物的本质，辨别是非、善恶、美丑，提高理性思维水平。本专题通过对若干部书信文学的学习，引导学生"把握作者的观点、态度和语言特点，理解作者阐述观点的方法和逻辑。在阅读各类文本时，分析质疑，多元解读，培养思辨能力。学习表达和阐发自己的观点，力求立论正确，语言准确，论据恰当，讲究逻辑"。

1. **整本书阅读**：义务教育语文课标和高中语文课标均要求和强调进行整本书阅读，拓展阅读视野，构建阅读整本书的经验，提升阅读鉴赏能力，享受读书的乐趣，丰富自己的精神世界，逐步形成正确的世界观、人生观和价值观。

2. **群书阅读**：突破单部作品限制，围绕"哲思与启迪"这一主题将几种著作集中到一起，对内容进行"重构"，促进学生在阅读文本的过程中深入探索自我读书经验与认知，提升学生的逻辑思维能力。在对比、整合多部著作的基础上，获得更多的启迪与哲思，丰富精神世界。

3. **任务驱动**：将教学内容转化为多个在真实情景下的学习任务，以任务为驱动，促使学生在完成"任务"的过程中形成分析问题、解决问题的能力，以及独立探索、合作探究的学习精神，提升思维的深刻性、灵活性和批判性。

（二）内容分析

　　《给青年的十二封信》和《苏菲的世界》是"部编版"语文教材八年级下册推荐的自主阅读名著，作为该册必读名著《傅雷家书》的补充阅读书目。

　　《给青年的十二封信》是我国著名美学家、文艺理论家、教育家朱光潜在20世纪20年代旅欧期间写给国内青年朋友的信，主体内容共有12封，既包含了读书、升学、选课、作文等关于学习的话题，又包含了修身、养性、恋爱、参与社会活动等生活和实践话题，其中不乏很多深刻的哲学思想，劝勉青年要树立远大理想，保持思想透彻深远，不要贪图世俗名利，追求人生之高远境界，给广大青年以无限的启迪，发人深省。

　　《苏菲的世界》是挪威作家乔斯坦·贾德创作的一部书信小说。14岁的少女苏菲收到两封奇怪的信，信中提出了"你是谁"和"世界从何而来"两个问题，但是却找不到寄信人的任何信息。紧接着，苏菲收到了纷至沓来的信，写信人自称是一个哲学家，他以书信的形式按照时间顺序向苏菲介绍了哲学的发展历史、著名哲学家和他们的哲学思想，苏菲沉浸其中并不断发现了更多奇怪的事情。最后，苏菲发现自己只是一个在联合国工作的少校为他的女儿席德所写的书中的人物，她为自己的命运伤心不已，最后设法逃出了少校的意识。全书以小说的形式、充满悬疑的情节和交织的框架讲述了西方哲学发展的历史。在《苏菲的世界》里，不再有晦涩、深奥难懂的理论，而是充满了对生命的赞叹、对人生意义的关怀与好奇，令读者在美妙的哲学世界里尽情徜徉，引人深思。

　　从两本书的内容来看，虽然作者、国别、成书年代和写作初衷并不相同，但是两本书都将读者带到一个充满哲思与启迪的世界中，引发读者对复杂的世界、生命的奥秘、人生的选择的深思，给人以智慧的启发和思维的拓展。教师通过布置学习任务，引导学生进行思辨式的阅读，理解作者阐述观点的方法和逻辑并能阐发自己的观点，增强思维品质，提高思维水平，树立正确的世界观、人生观和价值观。

（三）背景知识

　　刘勰的《文心雕龙》解释了"书信"的概念："书者，舒也。舒布其言，陈之简牍。"书信本是一种应用写作文体，是人们用来讨论事物、联系感情的工具，其内容包罗万象，在写作手法上也可以不拘一格，能够充分表达写作主体的感受。书信的写作主体在书信中经常是一吐为快，而接受者又是书写者信赖、愿意讲述的对象，因此书信在表达感情上就可以更加真诚、坦率、细腻，同时又带有强烈的个性风格，具有强烈的审美意识。书信可以突破时空的限制，情真意切地在倾诉者和倾听者的世界里建立起一个独特的情感世界，具有打动人心的巨大力量。

　　书信体文学在中国的发展历史源远流长，从司马迁的《报任安书》到李密的《陈情表》、诸葛亮的《出师表》，再到吴均的《与朱元思书》，王维的《山中与裴秀才迪书》，岳飞的《南京上高宗书略》，给后人留下了丰富的文学巨著。"五四"新文化运动后，鲁迅、陈独秀、胡适等文学巨匠也书写了大量文学性和战斗性极强的书信。从冰心的《寄小读者》到《傅雷家书》，再到《给青年的十二封信》，都属于书信体散文的范畴。书信体小说则包括庐隐的《一封信》、冰心的《遗书》、巴金的《利娜》等。中国书信文学的发展可见一斑。

　　西方在18世纪涌现了大批书信体小说，如孟德斯鸠的《波斯人札记》、卢梭的《新爱洛依丝》、歌德的《少年维特之烦恼》、理查德的《帕米拉》、拉克洛的《危险的关系》等。《苏菲的世界》继承了书信体小说在内容上的倾诉性和兼容性，读者在阅读书信时有一种身份带入感，情绪可以跟随写信人的情感笔触而发生变化，融入其中，引发思想和情感上的共鸣，获得多层次的审美感受，增强思维的深刻性。

如何阅读

《给青年的十二封信》《苏菲的世界》

二 学习目标

1.梳理整合两部作品中的观点，理解作为青年应具有的"力量"，初步了解西方哲学发展史和基本的哲学思想。

2.借助专题学习、比较阅读等，在理解作者观点的基础上，获得进一步的哲思与启迪，增强思维的逻辑性、深刻性和批判性。

三 学习任务规划

学习阶段		阅读阶段一：感受《给青年的十二封信》的启迪	阅读阶段二：体会《苏菲的世界》的哲思	阅读阶段三：综合探究两部作品带来的哲思与启迪
任务一	内容	精读《给青年的十二封信》整本书，绘制思维导图，总结作者给青年提出的若干条建议与要求。	通过选择性阅读和跳读的读书方法，再读《苏菲的世界》，利用表格、线索图等形式梳理西方哲学史的发展历史和脉络。	《给青年的十二封信》中蕴含了作者大量的哲学思想，结合在《苏菲的世界》中学到的哲学知识，阐述你对朱光潜在《给青年的十二封信》中表达与流露的哲学思想的理解，发表你的感受与见解。

续表

学习阶段		阅读阶段一：感受《给青年的十二封信》的启迪	阅读阶段二：体会《苏菲的世界》的哲思	阅读阶段三：综合探究两部作品带来的哲思与启迪
任务二	说明	通过精读整本书，了解全书的基本内容和作者的观点与嘱托，提取、概括、整合主要信息，理解作为青年应具有的"力量"。	通过选择性阅读和跳读的读书方法，对书中介绍的西方哲学发展史进行提取、概括和重构，初步了解西方哲学发展脉络，并有所思考和体悟。	通过创造性地将两本书的内容进行结合与对照，进一步促进学生对于一些基本哲学思想的理解与体会，并能够发现朱光潜在《给青年的十二封信》中表达的哲学观点。将两本书的内容进行综合对比，对此能有逻辑地阐述自己的认识与理解，引导学生学会思辨性阅读与表达。
	内容	选择书中给你印象最深刻、启发最大的一封信，以青年的身份给作者写一封回信，谈谈你的观点和感受。	摘录三条书中给你印象最深、启发最大的哲学理论，并阐发自己对该观点的认知与理解。	假如朱光潜读了《苏菲的世界》，他会有什么想对苏菲说的呢？结合两本书的内容，以朱光潜的名义，仿照他的语气，给苏菲写一封信。
	说明	通过写回信的方式，促进学生再读、精读原文，反复品味欣赏文字，深入探究作者的观点，鼓励分析质疑和多元解读，并能够阐发自己的观点，增进思维的深刻性和灵活性，树立正确的世界观、人生观和价值观。	通过摘录和阐述观点，促使学生重读、精读、细读整本书中的哲学理论，理解多样文化，吸收人类文化的精华，发展逻辑思维，有逻辑地表达自己的认识，增强思维的深刻性和敏捷性。	通过以朱光潜的名义，仿照他的语气给苏菲写信的方式，将两本书新颖地结合在一起，可以促进学生更好地把握作者的观点和语言特点，多角度思考问题，能理性地、有逻辑地表达自己的观点和想法，增强思维的深刻性和敏捷性。

《给青年的十二封信》《苏菲的世界》

四 学习任务现场

阅读阶段一：感受《给青年的十二封信》的启迪

【任务一】

精读《给青年的十二封信》整本书，绘制思维导图，总结作者给青年提出的若干条建议与要求。

【设计意图】

通过精读整本书，了解全书的基本内容和作者的观点与嘱托，提取、概括、整合主要信息，理解作为青年应具有的"力量"，并从中获得启迪，汲取营养，树立正确的世界观、人生观和价值观。

【成果展示】

学生作品1

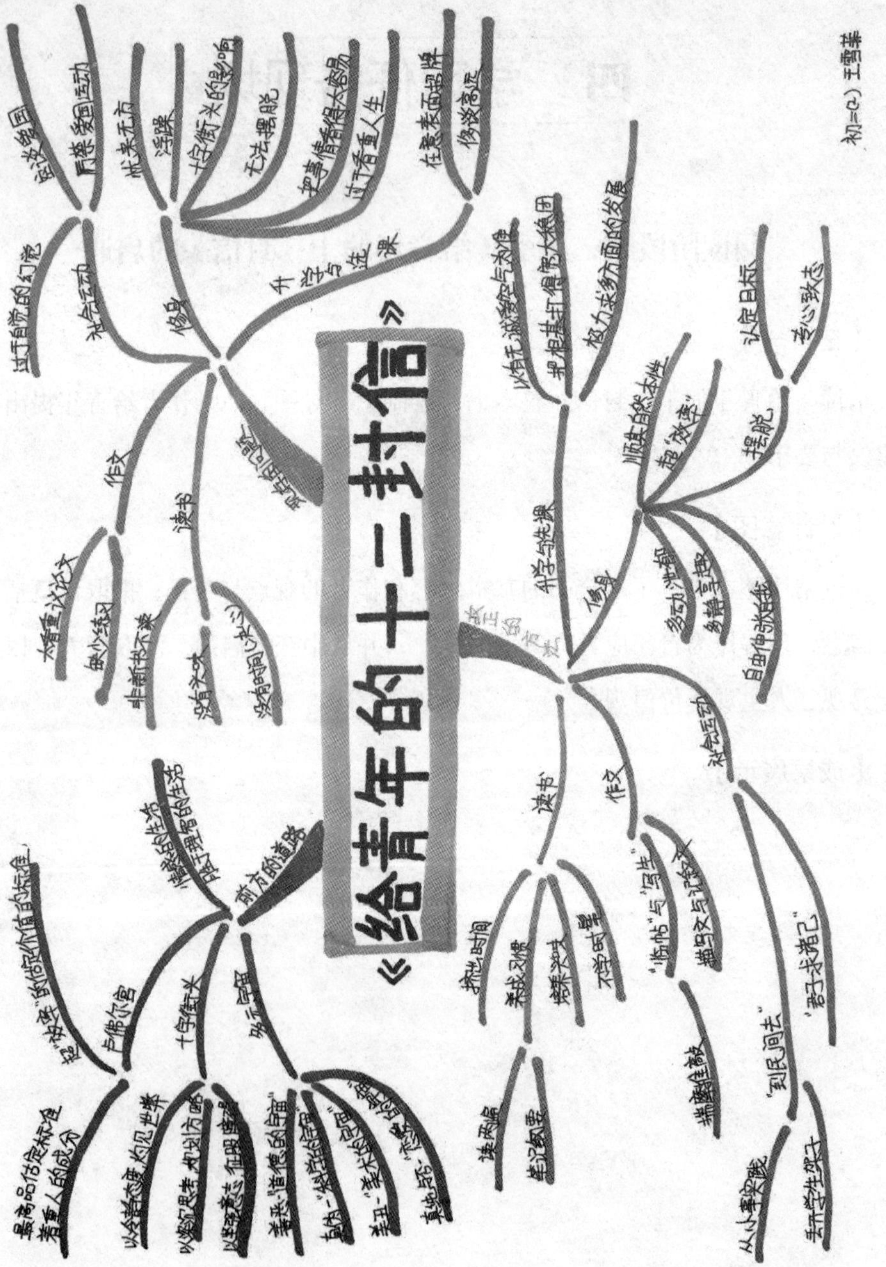

学生作品2

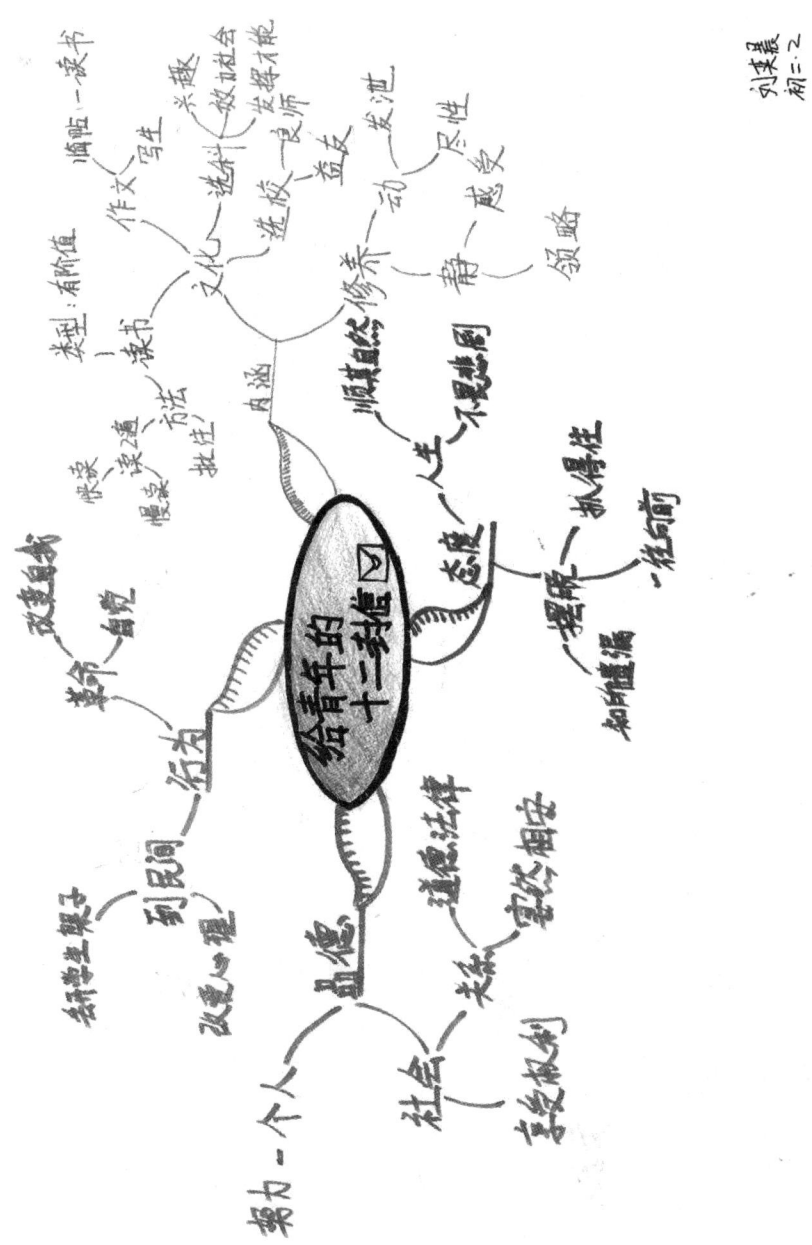

学生作品3

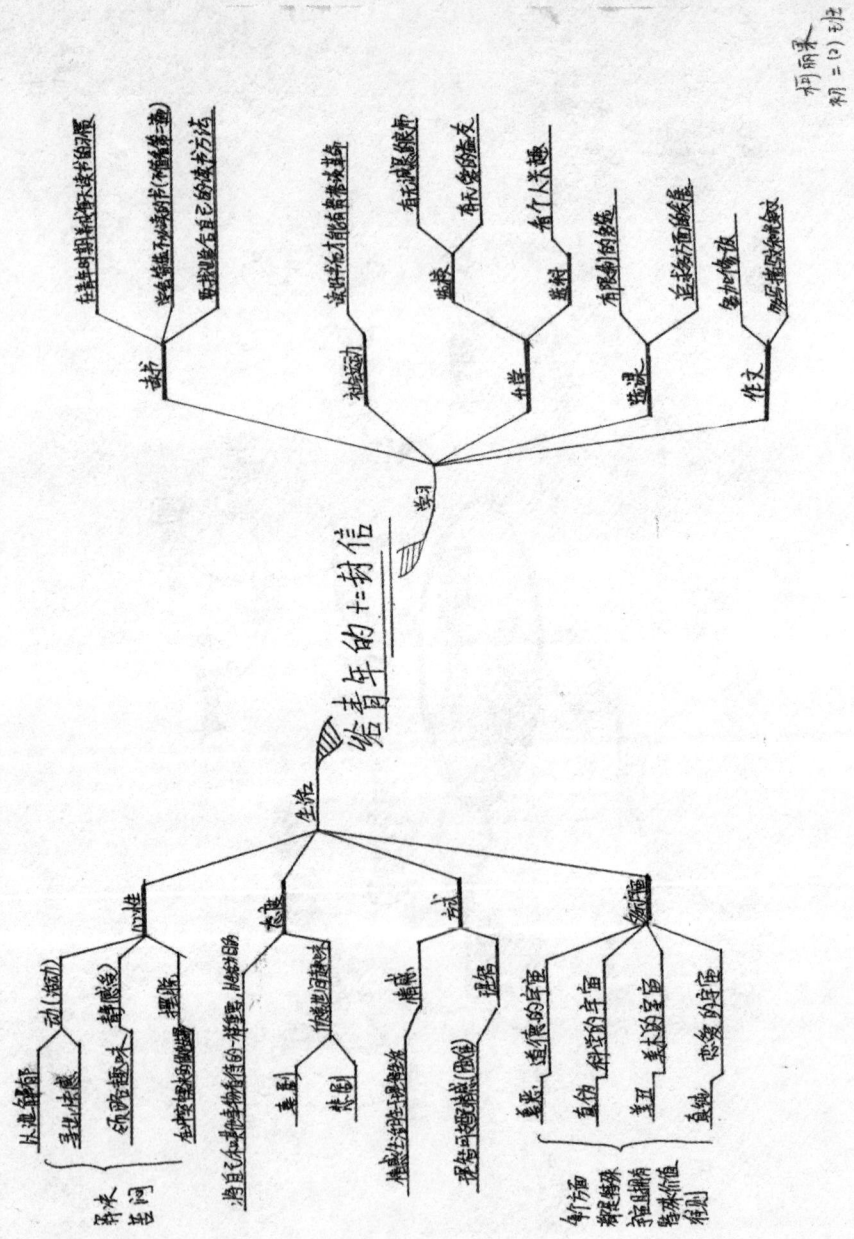

如何阅读 《给青年的十二封信》《苏菲的世界》

【作品评析】

通过通读全书，提取概括信息的方式，打破原书的结构，绘制全书观点的思维导图。能够考查学生对整本书内容的理解与概括，锻炼学生把具有逻辑关系的内容归纳整合在一个维度中的能力。从学生的作品来看，有的是将全书内容概括为"现存的问题、改正的方法和未来的道路"，有的归纳为"行为、内涵、态度和品格"，有的则整理成"生活和学习"两大主题。不论分成几个大的方面，学生都能有条理、有逻辑地将全书内容有条不紊地放到各个分类下，做到有理有据。在这个过程中，锻炼了学生提取、概括和整合信息的能力，对全书内容有着更清晰的认识的同时，他们的思维品质也得到了提升。

【任务二】

选择书中给你印象最深刻、启发最大的一封信，以青年的身份给作者写一封回信，谈谈你的观点和感受。

【设计意图】

通过给作者朱光潜写回信的方式，促进学生再读、精读原书，反复品味欣赏文字，深入探究作者的观点，获得启迪，引发思考，鼓励学生分析质疑和多元解读，并能够阐发自己的观点，增进思维的深刻性和灵活性，树立正确的世界观、人生观和价值观。

【成果展示】

学生作品1

给朱光潜先生的回信——谈"十字街头"

尊敬的朱光潜先生：

收到您的来信，倍感荣幸。

看完您对"十字街头"的看法，我深有感触，也让我对"十字街头"有了新的认识。借此，我想向您分享一下自己对"十字街头"的理解。

十字街头为大众之地，亦为喧嚣扰攘的尘世。当学术思想由"象牙之塔"传到"十字街头"，定少不了俗化。但俗化并非全部对学术思想有害，它可以让学术思想被雅俗共赏，从而可以广泛流传于民间，但俗化有时改变了其本质，或使之过"俗"，这样的俗化便不甚好也。

您说在十字街头中的腐败剂数不胜数，那是必然的。一潭死水，终究腐败；但在活水中却被汨没其中，何尝不会坏烂？十字街头也不缺乏像陶渊明一样"心远地自偏"的隐者，故十字街头虽俗，但这里的人并不都是"俗"人。

"人是一种贱的动物，只好模仿因袭，不乐改革创造。"所以从古至今，一位位改革创新者便异常珍贵。从古时的商鞅到近代的孙文，这些革命者用自己的生命为国家发展做贡献，故习俗的背叛者比习俗的顺从者更难能可贵。

您对习俗的看法我认为不完全正确。习俗的制定在我看来就是让人遵守。换句话来说，倘若人人都为习俗的背叛者，那要习俗作为规则还有何用呢？所以，我们既不能盲从习俗，也不能一故改变。正确的、合乎情理的规则我们要遵守；没有的规则我们要制定；有但不完全符合人们生活的规则要更改；无用的规则便需废除。我们要"传说尊旧，时尚趋新"。总之，让人们安居乐业便是习俗的根本目的。

我们首先要做到自己在肤浅卑劣的环境中而不肤浅不卑劣，要"出淤泥而不染"。在昔日的中国强者皇然叫嚣，弱者随声附和，旧者盲从传说，新者盲从时尚，相习成风，每况愈下。在肤浅卑劣之时，便出现了不肤浅不卑劣之人：如六君子、孙中山、毛泽东等人。他们意识到十字街头上的肤浅虚伪的传说与时尚都是去往象牙之塔的障碍时，他们便要打碎当时的市场偶像，创建十字街头的新气象。

"我们要能于叫嚣扰攘中：以冷静态度，灼见世弊；以深沉思考，规划方略；以坚强意志，征服障碍。"在如今，我们身处于杂乱的十字街头，要在乱中取静，在闹中求静，切勿鲁莽叫嚣。要通过自己的理性自由的伸张自我，不要被十字街头的繁华所带跑、被汨没。我们要像陶潜一样在十字街头中做到"而无车马喧"。

上述仅为我的看法，望您点评、指教！

您的朋友：一个身处"十字街头"的青年

学生作品2

给朱光潜先生的回信——谈"摆脱"

尊敬的朱光潜先生：

收到您的来信，不胜欢喜。欢喜之余，不敢松懈，只求能将文章的道理读清，读懂，内化于心，外化于行。

您在《谈摆脱》这封信结尾写道："我只谈到粗浅处，细微处让你自己暇时细心体会。"而我想现在我已对"摆脱"二字有了自己的体会，极愿与您分享。

黑格尔的说法，即凡悲剧都生于两理想的冲突，我认为并不十分准确，但很有一番哲理。倘若这句话改成"伟大的、引人深思的、本可以避免的悲剧都生于两理想的冲突"，那便很准确了。

亲人的离世，官场的不得志，都是悲剧。但这些悲剧并非生于两理想的冲突，也就不那么伟大，不那么引人深思，也是无可避免地。但您所提到的安提戈涅，哈姆雷特等这些栩栩如生的、给人以震撼与深思的人物之悲剧，却是源自两理想的冲突无误了。

这样的悲剧之所以震撼人心，之所以引人深思，换言之其之所以伟大，就在于它本可以避免。真正的悲剧并非人们斗不过命运，而是人们争不过自己的内心。所以想要避免悲剧，只有了解自己的内心，说服自己的内心，最终顺从自己的内心。

所谓"摆脱"，即是人们在两种道路面前做出选择后走出的第一步。换言之，"摆脱"是一番艰难选择后的连锁反应，是"选择"所带来的必然效应。想要摆脱，先要学会做出正确的选择。正确的选择是怎样的选择？我想这世间没有绝对正确，所谓正确即是理智，即是自我，即是自然，即是内心。只有了解自己的内心，我们才能做出正确的选择。

选择之后，便要开始艰难而有意义的摆脱。摆脱是一种态度，是一种学问，但最终要落实到实际行动中。您文中所言极是，"认定一个目标，便专心致志地向那里走，其余一切都置之度外，这是成功的秘诀"。认定一个目标，即我所说选择的过程；而专心致志地向那里走，即不断摆脱纷扰，不断坚定信念的过程。只有说服自己的内心，我们才能摆脱内心所深深厌恶的尘埃。

倘若你摆脱的过程是极艰难且纠结的，那你成功摆脱后定会有一部分灵魂的空缺（我更倾向用灵魂而非精神），这部分空缺的弥补便要靠顺从内心。我们都要相信，无比坚信，我们曾经做出的选择，因为时间会冲刷一切，留下闪闪发光的灵药，将一切伤口愈合。只有顺从内心，我们才能完全地摆脱，真正地解脱。

人的一生，便是在了解内心，说服内心，顺从内心中循环的。倘若哪一个环节出了差错，便酿成了悲剧。

您在信中主要论述了摆脱的重要性，而我仔细思考了如何摆脱，以及摆脱前后的做法。希望得到您的指点。

一位爱思考的青年

学生作品3

给朱光潜先生的回信——谈"读书"

尊敬的朱光潜先生：

在读了您写的《谈读书》这封信后，我深有感触。读书是每个人都要做的事情，因为读书可以滋润人的思想，升华人的灵魂，还可以让生活变得有趣起来，于每个人的成长都是大有裨益——我认为读书的作用就是如此。

当然，我与您对读书的含义的见解还是很相似的。正如您所说：学生在学校学习，念讲义、看课本并不是真正的读书；对一种功课不感兴趣，并不是因为天生与这门功课"绝缘"，而是可能规定的课本、讲义不对胃口，如果这时自己去寻找一些该功课的课外书籍去阅读，可能就会将对该功课的兴趣逐渐培养起来，进而使自己的该功课成绩提升；为了培养读书兴趣，就要从课外书入手为好，不要以枯燥的方法读书。这些见解我都是非常赞同的。

我有一些小小的问题想请教一下您，请您不吝赐教。您在给青年的这封信中并没有告诉我们到底应该读什么样的书，那么，我们青年是不是应该读一些自己喜欢而又不脱离正常的伦理道德的书呢？是不是应该参考一下他人喜欢看的书，再决定自己要看什么书呢？是不是应该根据时代来选择书呢？是不是应该根据自己的理想来读书呢？请您看到我的回信后，帮我回答一下这些问题，为我以后的读书提供参考。

看到了您看过的书以后，我也比对了一下您喜欢的书和我喜欢的书，还是有很多的相同点。比如说，我也很喜欢中国古代的一些著作，西方文化也略有涉猎。当然了，您喜欢看的这些书里面好多我都未曾看过，这些书也的确不错，也督促我去更广泛地阅读书籍。

关于读书方法中的批注和记笔记，我一向做得不是很好，因为不想动笔；关于读书方法中的阅读技巧，我却有一些心得。读一些较长的书，第一遍时需抓住重点进行跳读，第二遍时需抓住细节进行精读。在这点上，我还有很多需要提高的地方。

希望收到您的回信与指点！

一个爱读书的青年

学生作品4

回信——谈"情与理"

敬爱的朱光潜先生：

能够收到您的来信，我倍感荣幸。对于您对"情与理"的看法，我很有感触，也获得了不少启发，而对于情与理我有一些不同的看法。

您在文章中提到"问心的道德胜于问理的道德，所以情感生活胜于理智生活"，这句话我并不完全认同。确实，在生活之中，情感是必不可省的。在没有情感的纯理智生活中，人所做一切行为的目的就是生存与繁衍。至于其他的，也无任何意义。在纯理智中，音乐只是震动的空气，图画只是涂着颜色的纸，文字只是串联起来的字，男女结合只为了生殖，而情对于生活也就丧失了意义。在这种情况下，人类的种族可以延续，但文明却无法继续发展，社会也就无法进步了。

但是您在文中反复说明了情感的作用，反复强调了情感胜于理智，可理智却也是不可忽略的。当人们过多陷于情感生活时，便会凭自己的主观思想来行动。但是这样一来，人与人之间的行为难免有所冲突，最终阻碍了各自的行动。而避免冲突最好的方式就是找到一个情与理的制衡点。只有人们在共同遵守一个大众默认的理智规则时，才能保障人们主观行动的实现。也只有这样，才能制造一个各尽其能，各得其所，而又和谐相处，共同进步的社会。

此时我们不妨再谈一谈"孝"。如您所说，"孝"既可以是问心的道德，也可以是问理的道德。问心的道德是基于情感的，而当"孝"变为一种义务时，他也就成了问理的道德。我国《婚姻法》第21条规定："子女对父母有赡养扶助的义务。"并且，即使子女幼时父母没有对其履行抚养教育的义务，子女独立后仍然要赡养老年父母。这便是问理的道德。而制定这条法律规定的原因，也是为了使社会平衡。

问心的道德，使我们孝顺老人；问理的道德，使我们赡养老人。在情与理的共同作用下，才能使老人得到更多的关怀，这个社会才能更加和谐美好。

所以，我们并不能说"问心的道德胜于问理的道德，情感生活胜于理智生活"。二者应该是相辅相成，密不可分的，缺一不可。只有这样，社会才能更快地进步，人类文明才能更好地发展。这便是我对情与理的看法。

最后，期待您的指点。

您的青年朋友

【作品评析】

从学生的作品来看,他们都能在书中找到自己最感兴趣的内容,从作者的谆谆教诲与引导中获得启发与思考。从回信中可以看出他们对作者朱光潜先生怀有一颗敬畏之心,仔细聆听先生教诲,并积极思考和体会作者的观点。更难能可贵的是,学生能够做到不盲从、不尽信,而是敢于大胆质疑、小心求证,有理有据地提出自己的不同意见,多角度思考问题,发展了辩证思维、逻辑思维和批判性思维,同时在理解和创造中更深刻地体会到朱光潜先生对青年的殷殷期盼,在对情与理的思考中树立了正确的世界观、人生观和价值观。

阅读阶段二:体会《苏菲的世界》的哲思

【任务一】

通过选择性阅读和跳读的读书方法,再读《苏菲的世界》,利用表格、线索图等形式梳理西方哲学史的发展历史和脉络。

【设计意图】

通过选择性阅读和跳读的读书方法,对书中介绍的西方哲学发展史以及哲学家、哲学思想和哲学流派等相关内容进行提取、概括和重构,初步了解西方哲学发展脉络和基本的哲学思想,并有所思考和体悟。通过学习不同的哲学思想,懂得尊重和包容,增进学生对人类文明史上多样文化的理解,加强跨文化学习,吸收人类文化的精华。

【成果展示】

学生作品1

《西方哲学史概要》

一. 古希腊时期 — 自然派（关切宇宙的基本组成物质和大自然的变化）

1. 米雷特斯 { 泰利斯 / 安纳克西曼德 / 安那西梅尼斯 } ⇒ 宇宙间有一种基本物质是万物的源头

2. 伊利亚 — 帕梅尼德斯：没有任何事物会来自虚无
3. 小亚细亚 — 赫拉克里特斯：所有的事物都是流动的
   ⇒ 4. 西西里 — 恩培窦可斯：大自然由四种基本元素组成
5. 雅典 — 安纳萨哥拉斯：万物中皆含有各物的一部分
6. 阿布德拉 — 德谟克里特斯：原子理论

二. 苏格拉底时期 — 雅典

1. 诡辩学派：以人为中心
2. 古典派（关切个人本身与每个人在社会的地位）

理性主义者 {
  (1) 苏格拉底 { 真正的知识来自内心 — 理性式 / 正确的见解导致正确的行动 }
  (2) 柏拉图 { "柏拉图的理型论" / 能真正了解的只有我们用理智所理解的事物 / 我们有一个不朽的灵魂 / 哲学之国："理想国"和"宪法之国" }
  (3) 亚里士多德 { 人没有天生的概念 / 一件事物的形成乃是它的特征 / 目的因：自然界的每件事物都有其目的 / 逻辑学、伦理学、政治学和分类学 / 女性是"未完成的男性" }
}

(1)

三. 希腊文化时期

1. 雅典 { 犬儒学派 — 安提塞尼斯：真正的幸福不建立在外在环境的优势上

斯多葛学派 — 芝诺：一元论

伊壁鸠鲁学派 — 伊壁鸠鲁：享乐主义 }

2. 罗马 — 新柏拉图派 — 普罗汀 — 神秘主义 "世间存在的只有上帝"

3. 拿勒斯 — 基督教 — 耶稣 — 保罗："天国"就是爱邻如己、同情弱者并宽怨罪犯

四. 中世纪时期（黑暗时代）

1. 北非至迦太基 — 圣奥古斯丁：将柏拉图加以"基督教化"

2. 阿奎诺 — 圣多玛斯：将亚里士多德加以"基督教化"

五. 文艺复兴时期

1. 人文主义 · 个人主义 — "文艺复兴人"

2. 意大利 — 伽利略：伽利略动力学

3. 英国 — 牛顿：万有引力定律

4. 宗教革命 — 德国 — 马丁·路德：我们只信靠经文

六. 巴洛克时期（十七世纪）

1. 理想主义与唯物主义并存 — "人生如戏"

2. 理性主义（相信理性是知识的源泉）

(1) 法国 — 笛卡尔（现代哲学之父） { 我思故我在

二元论 }

(2) 荷兰 — 史宾诺莎 { 一元论

自然法则 }

七、十八世纪

1. 经验主义（相信感官的经验是知识的源泉）- 英国

   (1) 洛克 { 我们唯一能感知的是"单一感觉"
           { "主要性质"可以用理智来了解

   (2) 休姆 { 不可知论者：怀疑上帝是否存在的人
           { "习惯性期待"
           { 不接受那些无法回溯到"单一印象"的观念

   (3) 柏克莱："灵" - 我们只存在于天主的心中

2. 启蒙运动 - 法国 - 孟德斯鸠 - 伏尔泰 - 卢梭：七点思想

3. 理性主义 }
   经验主义 } 普鲁士 - 康德 { 因果律 根植于我们的心中
                          { 我们有必要假定上帝存在
                          { 善意的伦理学 - 义务伦理观

4. 浪漫主义 - 德国 - 谢林：大自然是一个活生生的"世界精神" - 民俗文化

5. 德国 - 黑格尔 { 历史就像一条流动的河
               { "世界精神"回到自我的三个阶段

八、十九世纪

1. 存在主义 - 丹麦 - 祁克果 { 真理是"主观的"
                          { "我信，因为荒谬"
                          { 人生三阶段

2. 自然主义（认为除了大自然和感官世界之外别无真实事物的态度）

(1) 德国 — 马克思 { 历史唯物主义
人类社会的历史就是一部阶级斗争

(2) 英国 — 达尔文 { 进化论
（新达尔文主义） 物竞天择 — 遗传和变异

(3) 维也纳 — 弗洛伊德 { "灵魂溯源学"
潜意识 — 灵学超心理学
解梦
灵感 — 超现实主义

九. 二十世纪

1. 存在主义（以人类为出发点的哲学）— 法国 — 萨特：存在先于本质 — 荒谬主义
2. 生态哲学 — 挪威 — 那斯：西方的思想形态根本上就有一些源头

学生作品2

如何阅读《给青年的十二封信》《苏菲的世界》

【作品评析】

将整本书介绍的西方哲学简史进行概括与重构，勾勒出一幅相对完整的线索图，是一件工程量不小、难度较大的任务。本学习任务需要学生把重读、有选择性地阅读与精读相结合，从书信和原文中提取出西方哲学的代表人物、流派和思想，再以时间为线索连缀起来。一方面锻炼学生提取、概括和重构信息的能力，另一方面促进学生初步了解西方哲学的发展历史和哲学思想，从中获得启迪和深思，吸收人类文化的精华。

【任务二】

摘录三条书中给你印象最深、启发最大的哲学理论，并阐发自己对该观点的认知与理解。

【设计意图】

通过摘录和阐述观点，促使学生重读、精读、细读整本书中的哲学理论，了解基本、经典的哲学观点，理解多样文化，吸收人类文化的精华，发展逻辑思维，有逻辑地表达自己的认识，增强思维的深刻性和敏捷性。

【成果展示】

学生作品1

【摘抄1】亚里士多德指出，我们对于自己感官未曾体验过的事物就不可能有意识。……我们所拥有的每一种想法与意念都是通过我们看到、听到的事物而进入我们的意识……我们的理性是完全真空的。因此人并没有天生的'观念'。

【感想】我认为这是正确的。如果是我们并没有完全概念的新事物，我们就只能学着去接受它，而没有关于它的意识。我们所拥有的意识来源于我们已经见识过的种种事物，而不是从一出生就藏在潜意识里的。

【摘抄2】人可以争取自由，以便去除外在的束缚，但他永远不可能获得'自由意志'……我们也不能'选择'自己的思想。因此，人并没有自由的灵魂，他的灵魂或多或少都被囚禁在一个类似机器的身体内。

【感想】外在的束缚可以去除，那内在的束缚呢？如果将灵魂的自由与内在的束缚挂钩，那么我想这种束缚可能是思想的顽固。如果说思想是受到社会风气影响的，那是不是就意味着，人的"自由意志"依旧要靠社会的眼光来评估？真正自由的灵魂到底是什么样子的？

【摘抄3】在资本主义制度下，工人是为别人工作。因此他的劳动对他而言是外在的事物，是不属于他的。工人与做的工作之间有了隔阂，同时与自我也有了隔阂。他与他自己的现实脱节了。马克思用黑格尔的话来说，就是工人被疏离了。

【感想】有意义的工作应该是为了自己，而不是为了别人。人讨厌为了别人而工作，自然就会讨厌为了别人而工作的自己。这是资本主义极大的弊端：恶性循环。当然，这种见解放在今天仍有它的价值所在。当今的学生都应该学着为自己而学习，工作者为自己而工作。

学生作品2

【摘抄1】这两件事就像钱币的正反两面，被她不断翻来转去，当一面变得更大、更清晰时，另外一面也随之变得大而清晰。生与死正是一枚钱币的正反两面。"如果你没有意识到人终将死去，就不能体会活着的滋味。"她想。然而，同样的，如果你不认为活着是多么奇妙而不可思议的事时，你也无法体认你必须要死去的事实。

【感想】我们无法控制自己的生与死，但是我们足以认识生死。当你把生看得非常重要的时候，死对于我们而言也会变得愈发的清晰，因为你十分注重生，而死也会离你越来越近。如果你不认为人终将会死去，那么你就不会珍惜活着，不会享受活着的乐趣，你也就无法体会活着的滋味；你若体会不到生的美好，那么你也不会认清死的事实。所以这就告诉了我们，不要将生死看得过于重要，这就是人类的自然规律；我们应该想的是如何在活着的时候把生命过得精彩，体会生的乐趣。

【摘抄2】交朋友与欣赏艺术等也是一种乐趣。此外，我们若要活得快乐，必须遵守古希腊人自我规范、节制与平和等原则。自我的欲望必须加以克制，而平和的心境则可以帮助我们忍受痛苦。

【感想】只有严格地规范自我、克制自我，才能完成自我的目标，从而才能获得履行责任后的快乐，才能体验到成功的快乐。若总是自我放任、爱好战争，可能会有一时的快乐，而后并不会获得真正的自由。自我的欲望需要严格克制，这样我们的内心才能平静下来。内心的平静才能让我们获得深刻的思考，从而忍受痛苦。

【摘抄3】但重点是，你所失去的东西比起你所得到的东西是显得多么微不足道。你所失去的只是眼前这种形式的自我，但同时，你却会发现自己变得更广大。你就是宇宙。事实上，你就是那天地之心，这时你也就是上帝。

【感想】人类的内心十分难辨，它是一个非常复杂的东西。我们总会一再地关注我们失去了什么，失去的东西对于我们来说有多么重要，然而在我们抱怨我们所失去的时候，很少有人会注意到我们得到了什么。得到的在某种意义上一定会比失去的东西重要，可能是物质层面的也可能是精神层面的。我认为，一个东西既然你已经失去了，就没有再去回忆的必要，失去的已经失去了，我们更应该关注我们得到了什么，它对我们有何意义。你就会发现你所失去的不过就此而已，而你得到的比失去的更重要，自己也会因此而变得广大。

【作品评析】

通过精读书中介绍的哲学观点，引发学生的思考与质疑。从学生的作品来看，学生能够挑选出自己印象深刻、体会颇深的语句，或抒发感受，或提出质疑，或进一步追问，三言两语之间充满了思考与智慧。本学习任务能够提升学生思维的深刻性、灵活性和批判性，提升思维品质。

阅读阶段三：综合探究两部作品带来的哲思与启迪

本阶段主要是在前两个阶段的基础上进行综合探究，将《给青年的十二封信》和《苏菲的世界》两部作品创造性地结合起来，进一步增强学生对作品的理解。

【任务一】

《给青年的十二封信》中蕴含了作者大量的哲学思想，结合在《苏菲的世界》中学到的哲学知识，阐述你对朱光潜在《给青年的十二封信》中表达与流露的哲学思想的理解，发表你的感受与见解。

【设计意图】

通过创造性地将两本书的内容进行结合与对照，进一步促进学生对于一些基本哲学思想的理解与体会，并能够发现朱光潜在《给青年的十二封信》中表达的哲学观点，对此能有逻辑地阐述自己的认识与理解，引导学生学会思辨性阅读与表达。

【成果展示】

学生作品1

论《给青年的十二封信》中的哲学思想

看完《给青年的十二封信》后，我发现这普普通通的十二封信中不只有着朱光潜先生对国内青年朋友的期望，更蕴含着其博大深刻的哲学思想。下面我结合《苏菲的世界》中介绍的哲学观点，来对朱光潜先生的书中所述的哲学思想进行进一步的诠释。

先来阐释下朱光潜先生一以贯之的总体哲学思想。从这本书中概括地来说，朱光潜先生的哲学思想属于唯物主义思想中的辩证唯物主义和历史唯物主义，也就是马克思主义哲学——推崇实践。马克思更是将实践提升为哲学的根本原则。马克思主义哲学的基本理论有：辩证唯物论、唯物辩证法、认识论、唯物史观。朱光潜先生曾学习过马克思主义哲学，故在其作品中也有所体现。在我看来，唯物主义，通俗一点来讲，就是以物质至上，它与唯心主义对立，主张物质第一、精神第二，认为物质构成世界，物质反映精神。从这十二封信中，可以非常明显地发现朱光潜先生追求实践，且符合唯物主义的基本性，所以可以明显地看出朱光潜先生是一个唯物主义者。

下面，就结合《苏菲的世界》这本书来具体论述一下《给青年的十二封信》中的两个哲学思想。

在《谈动》中，开篇便说明了关于自然的这一段话："要服从自然，不要违逆自然。"在早期古希腊哲学中，许多哲学家是信奉自然的，都将他们的理论建立在自然之上（前苏格拉底时代），他们是最早期的一批唯物主义哲学家。此时信中的内容与自然相照应。接着，信中又笔锋一转，提到了作为人应该怎么做。正如《苏菲的世界》中提到的一个伟大的哲学家——德谟克利特斯的思想一样。德谟克利特斯是原子唯物论学说的创始人之一，同时他也是唯物主义哲学的一个转折点。他一反之前的自然派哲学家的理论，将自己的哲学理论转向社会和人。信中的这段内容又与德谟克利特斯的理论相照应。《谈静》亦是如此，主要将基调定在人和社会上，与《谈动》中的思想相得益彰。这个思想没有脱离实际，没有空谈，而是将一些不切实际的事物转化为比较符合实际的事物，有着很强的实践性。

《谈摆脱》中的哲学思想较为深刻，朱光潜先生举了几个人的例子，从而解释摆脱的重要性："其次如苏格拉底，如耶稣，如屈原，如文天祥，为保持人格而从容就死，能摆脱开一般人所摆脱不开的生活欲，也很可以廉顽立懦。"《苏菲的世界》中也详细地记叙了苏格拉底"摆脱"的经过。"他本可以向陪审团求情得以生还，为什么他没有那么做，而是选择了当着友人的面服毒自尽？耶稣与苏格拉底所受的审判显然也有雷同之处。他们原本都可以求饶，但他们却都觉得如果不成仁取义，就无法完成他们的使命。而由于他们如此从容就义，吸引了许多徒众追随，即使在他们死后仍然如此。我指出这些相似之处并不是说耶稣和苏格拉底相像。我只是要提醒你注意，他们所要传达的信息与他们个人的勇气是密不可分的。"（摘自《苏菲的世界》）对照着看，耶稣和苏格拉底的审判说明了摆脱并不是逃避，却更是一种体现个人智慧、个人抱负的方式。当然，这样确实不失为一个伟大的举动，但我却不是很欣赏。试想，如果每个人都这样放弃生的希望而成就自己的辉煌，那还会有人类吗？因此，学会日常生活中的摆脱就够了，在选择之前，要学会权衡一下利弊。

以我之见，我较为喜欢《谈动》中所体现的哲学思想。因为它体现的是一种比较基础的哲学思想，非常普通，是每个人都可以理解的。更进一步来说，我可以从中探寻到关于人生的哲理，以完善我对哲学的理解。

当然，朱光潜先生在这十二封信中的哲学思想还有更多，恕我学识尚浅，无法理解其他的了。

学生作品 2

谈《给青年的十二封信》与《苏菲的世界》的哲学思想

《给青年的十二封信》与《苏菲的世界》都是十分有益的青少年读物，其中都蕴含丰富的哲学思想，二者有许多相似之处。这相似之处无法成为其他晦涩难懂的理论，因为其受众是懵懂的青年们。两部作品不谋而合之处，就是两位思想家、作者、学者将自己及伟人对人生的感悟之倾注，他们一定希望我们有所收获。

两本书都提到了对人生乐趣的理解。朱光潜先生的见解是，欲摆脱人生烦恼，获得乐趣，需要"动"与"静"的结合。动，即是活动，即是发泄，即是求发展，求创造，即是顺应自然。因为人生来好动，所以"闲愁最苦"。静，即是感受，即是修心，即是避喧嚣，避浮躁，即是领略趣味。因为人生来好动，所以"静趣可贵"。若一个人能动静结合，那他一生一定不会有太多忧愁。《苏菲的世界》中谈到了人们对人生乐趣的理解发展之历史。（这段历史过于复杂，我的总结必不尽完美）其中浪漫主义者们享乐的方式，最像朱光潜先生的见解。浪漫主义者们崇尚艺术的天才。他们赋艺术以"动"，以艺术活动，以艺术发泄，以艺术发展与创造；他们又赋内心以"静"，以心创造艺术，以心感受艺术。让神秘之路通往内心。

人生乐趣是人生哲学的一个大专题，与它并列的还有感官与理性的关系，情感与理智的关系。

《给青年的十二封信》中《谈情与理》一信论述了情感与理智的关系。朱光潜先生倡导我们不要盲目相信理智，情感一样是人类生存的重要依托。因为麦独孤的动原主义告诉我们，行为的原动力是本能与情绪，不是理智。我们固然需要理智，可理智不该左右我们的生活。《苏菲的世界》所介绍的与《谈情与理》很是相似，但略有不同，它主要提到的是感官与理性的关系。亚里士多德认为，人天生是没有理性的，感官的经验生出了理性。黑格尔认为，真理是主观的，是由人类的理性生出来的。他们的思想有异曲同工之妙，都主张感官是不可信的，真理是不可证的。但孰对孰错，有待后世盖棺定论。

两本书都蕴含丰富的、卓越的、深奥的哲学理论与思想，但二者有所不同：《苏菲的世界》所重，乃理论，乃世界，乃历史；《给青年的十二封信》所重，乃实践，乃人生，乃应用。我们将二者结合、比较、学习，了解世界，思考人生，也是莫大的乐趣。

【作品评析】

《给青年的十二封信》是朱光潜先生利用书信的形式对青年进行的劝解与鼓励，十二封信独立成篇。《苏菲的世界》则是利用书信小说的形式较为完整地向读者介绍了西方哲学发展的简史。乍看起来，虽然两部作品都能给读者以启迪和哲思，但是两本书之间很难建立起联系。细读之后我们可以发现，《给青年的十二封信》中也蕴含了朱光潜先生推崇的哲学思想，而哲学思想能够在《苏菲的世界》中找到一定程度的诠释。这样，两本书之间就通过哲学建立起了一定的联系。本学习任务可以促使学生带着任务精读、细读《给青年的十二封信》，再通过有选择性地阅读，在《苏菲的世界》中找到相对应的部分。从学生的作品来看，通过阅读两本书，学生已经具有了一些较为朴素的哲学思想与哲学意识，虽然不能完全成体系，认识还不够深刻，但是能够有所思考、有所感悟，并体现了充分的辩证观和唯物主义，对一些基本的哲学思想有了自己的体会并能进行阐述，有理有据地表达自己的观点和看法，在很大程度上锻炼了学生思维的深刻性和思辨性，提升了他们的思维能力。

【任务二】

假如朱光潜读了《苏菲的世界》，他会有什么想对苏菲说的呢？结合两本书的内容，以朱光潜的名义，仿照他的语气，给苏菲写一封信。

【设计意图】

通过以朱光潜的名义，仿照他的语气给苏菲写信的方式，将两本书新颖地结合在一起，可以促进学生更好地把握作者的观点和语言特点，多角度思考问题，能理性地、有逻辑地表达自己的观点和想法，增强思维的深刻性和敏捷性。

【成果展示】

学生作品1

谈哲学

亲爱的苏菲：

当你看到"你是谁？"这个问题时，是否引发了你对哲学的思考？当你收到一封封信件时，是否开始了你对哲学的探索？当你拾起一张张明信片时，是否对自我有了更深的思考?

艾伯特——你的哲学老师,他通过学习信件、会面等多种方式向你展开了哲学的画卷,引发你对哲学的思考。

对于哲学的历史,想必我不用多说。从苏格拉底、柏拉图等古时哲学家,到黑格尔、马克思等近代哲学家;从古时的自然派到近代的生态哲学,你的老师已经向你完美诠释。

但是,真正的哲学家是什么样的呢?

真正的哲学家们从不同流合污,对自然、对社会、对其身边的一切都怀有好奇心,试图去寻找真理。那些真正的哲学家们说话办事从不绝对,也从不下绝对的定论。

对于情感和理智(唯心和唯物),我有其他的看法,所以趁这次机会,粗陈鄙见。

我们经常用理性来解决哲学问题,因为唯有理性才能让我们得到确切的知识,但感官并非如此可靠,许多哲学家同意用理性来证明哲学上的真理。如柏拉图曾说过数学与数字的比例要比感官的体验更加确实可靠。

但在生活中,理智就是先见,生命不受先见支配,所以也不受理智支配。而"我思故我在",行为的原动力是本能与情绪。理智的生活是狭隘的,在理智的生活中,人一味地奔向终点,追求利己,无艺术、无宗教、无情感,这样的生活还有何意义?同时,理智的生活是冷酷的、是刻薄寡恩的,我们所做的一切几乎都有情感的触动。

情感的生活定胜于理智的生活。一味地用理智去推理总会矛盾,我们不仅要知,更要感,从多方面谈,理智总是不可尽信。

我们每个人都生活在自己的多元宇宙中,生活在道德、科学、美术等宇宙中,然而你和你周围的一切却只是艾勃特少校脑中的一个回路,自己的所作所为都是被其特意安排的。

你和艾伯特的逃脱是为了追求真理,为了"一览众山小"。

从古到今，无数哲学家前赴后继，开创自己的学说，为人类的哲学事业不惜牺牲自己短暂的生命。而每个人不过是一条小船，将基因向下传递，只不过在生命的表面飘浮，然后轰然一响，如星尘永远隐匿……

让我们为探寻哲学的真理而共同努力！

你的朋友　孟实

学生作品2

给苏菲的一封信

亲爱的苏菲：

读完《苏菲的世界》这本书之后，我对你有了一定的了解。我很高兴能够给你写信，能够对你说出一些我想说的话。

你是一个聪明好学、悟性很高的女孩。你有一个叫艾伯特的哲学老师，而且你很爱跟他学哲学。这些我都知道。但是对于一件事情，我还是很惊讶、很奇怪、很困惑的。

"艾勃特少校给她的女儿席德写了一本书作为她十五岁的生日礼物，这本书就叫《苏菲的世界》。"所以遗憾的是，你只是那本书中一个虚拟的人物。你起初并不知道席德是谁，并为此而困惑着，而当你得知这个答案之后，你必然是十分伤心的。你想成为像席德那样有血有肉有生命的人，但是即使你是一个虚拟人，我仍想要送你一些忠告，且希望你能听而受之吧。

首先，我很希望你能够接受自己的身份，并且最好能够乐观起来。其实我觉得艾伯特说得很对，"我们当然不能过像席德和少校那样的生活。可是从另一方面来说，我们永远不会死。我们是一些隐形人。"你确实只是别人笔下写出来的人，而且你无论如何也无法变成像席德那样的人。在我看来，如果无法改变，那么最好的办法就是接受。与此同时，我们重申的是，一件客观存在的事物本身，是不会存在什么好坏之分的，好坏只是人们主观给他们下的定义。所以，苏菲，我希望你看待事物也可以往积极的方面看。

其次，我希望你不要停止探讨哲学世界的步伐。你有一个叫艾伯特的哲学教师，他给你讲了从古至今的哲学史，介绍很多哲学界的名人大家，还有许多哲学知识。哲学其实是一个非常特殊的领域，他不像数学、物理学、生物学那样，有绝对答案，有基本事实，哲学是永无止境的，一切有关于宇宙、自然、社会、人、实体、灵魂等的认识、观念、论断，是没有什么正确与错误、先进与落后之分的。人们在做的，只是在试图解释一些看似不可解释的东西，解开更多的谜团，追求更好的精神生活。那么哲学就不是一成不变的，每个人都有自己的一套哲学，所以，苏菲，我希望你能够多学习哲学，多汲取前面名人的养分，以此来充实自己。

最后，也是最重要的一点，就是让自己时刻保有自己的思想。前面我已经说过，哲学不是一成不变的，每个人心中都有自己的哲学。你有着睿智、伶俐、活跃的思维，所以我建议你、希望你、鼓励你，有一套自己对哲学的认识、观点或理论。艾勃特少校的最后一个句点已经画上，你不再受他的笔控制，艾伯特给你讲过很多哲学知识了，然而，如果你完全没有自己的想法，那么就与艾勃特控制的木偶毫无二致。一个活泼的少女静下心来体悟、思考哲学是一件很不容易的事，但是我相信你可以成功的。

信到这里就要结束了，希望你可以体会到我的用意，现在我们要暂时告别了。

你的朋友　孟实

【作品评析】

本学习任务要求以朱光潜的名义和口吻给苏菲写一封信，能够促进学生对于两本书的深入思考和理解。一方面能够体会和模仿朱光潜先生的思想和语气，探寻他的精神世界；另一方面增进对苏菲其人、其精神、其命运的理解与感受，更对神秘美妙的哲学世界和纷繁复杂的哲学思想有所感悟。从学生的作品来看，学生能够初步体会一些基本的哲学思想，并能抒发自己的感受和理解，有逻辑地表达自己的观点。

五 学习效果评价

根据《给青年的十二封信》和《苏菲的世界》这两部作品的特点，结合学习任务，设计进行多评价维度共同评价学生的整本书阅读效果。学生自评之后，在小组内推选出阅读之星。

评价维度	评价内容	很好	较好	一般	较差
阅读习惯	能在读书时进行默读，不指读、不回读，提升阅读效率和质量。				
	能在读书时注意到重要的观点和关键性语句，并进行圈画。				
	能在读书时对原文关键的地方进行批注，表达自己的想法和批判性的思考。				
阅读兴趣	通过阅读整本书，能够增加对其他书籍的阅读兴趣。				
	以后愿意主动尝试阅读书信类作品，并能从中有所体悟和感受。				
	以后愿意主动尝试阅读哲学类作品，并能从中有所体悟和感受。				
阅读方法	能够利用迅速阅读和浏览的方式，快速阅读完作品。				
	能够针对具体的学习任务，利用重读和精读的方式，细致体会和把握作品的关键语句和篇章。				
	能够针对具体的学习任务，利用有选择性地跳读，提取、概括和整合关键信息，梳理全书内容和脉络。				

续表

评价维度	评价内容	很好	较好	一般	较差
读写结合	能通过梳理文章内容和线索，针对具体的学习任务，按要求绘制思维导图，作品分类清楚、逻辑关系完整。				
	能通过阅读整本书，准确选择富有哲理、能够给自己以启发和思考的语段和篇章，以读书笔记的形式进行摘录，并能够抒发自己的观点和感受。				
	能结合作品和自己的感悟、学习生活，进行文学创作（写回信等），作品思想深刻，内容充实，发表自己的感受，深化对作品的理解。				

如何阅读
《钢铁是怎样炼成的》

熊素文 ◎ 编

（北京市陈经纶中学本部初中语文教师）

教师编写参考图书

一 学习目标

1. 运用回目形式，逐章概括小说的主要内容；绘制人物关系图，结合小说背景和作者经历，初步理解小说的现实意义。

2. 绘制人物人生轨迹图，梳理保尔·柯察金的成长史，撰写人物传记，分析主人公光辉伟大的英雄形象，探究人物有温度的生命意义。

3. 赏析小说经典而独特的艺术魅力，探究作品对主人公的"精神探索"，汲取保尔的精神力量，结合现实，理解作品的励志教育意义。

二 作品清单

（一）内容速览

《钢铁是怎样炼成的》的主人公保尔·柯察金，出身于贫困的铁路工人家庭，早年丧父，全凭母亲替人洗衣做饭维持生计。他因同学往神父的面粉中撒烟灰而被神父冤枉后被学校开除。12岁时，母亲把他送到车站食堂当杂役，在那儿他受尽了凌辱。他憎恨那些欺压穷人的店老板，厌恶那些花天酒地的有钱人。

"十月革命"爆发后，帝国主义和反动派妄图扼杀新生的苏维埃政权。保尔·柯察金的家乡乌克兰谢别托卡镇也经历了外国武装干涉和内战的岁月。红军解放了谢别托夫卡镇,但很快就撤走了。只留下老布什维克朱赫来在镇上做地下工作。他在保尔·柯察金家住了几天,给保尔·柯察金讲了关于革命、工人阶级和阶级斗争的许多道理,朱赫来是保尔·柯察金走上革命道路的最初领导人。在一次钓鱼的时候,保尔·柯察金结识了林务官的女儿冬妮亚。一天,朱赫来被白匪军抓走了。保尔·柯察金到处打听他的下落,在匪兵押送朱赫来的途中,保尔·柯察金猛扑过去,把匪兵打倒在壕沟里,与朱赫来一起逃走了。由于波兰贵族李斯真斯基的儿子维克多的告密,保尔·柯察金被抓进了监狱。在狱中,保尔·柯察金经受住了拷打,坚强不屈。为迎接白匪"大头目"彼得留拉来小城视察,一个二级军官错把保尔·柯察金当作普通犯人放了出来。他怕重新落入魔掌,不敢回家,遂不由自主地来到了冬妮亚的花园门前,纵身跳进了花园。由于上次钓鱼时,保尔·柯察金解救过冬妮亚,加上她又喜欢他"热情和倔强"的性格,他的到来让她很高兴。保尔·柯察金也觉得冬妮亚跟别的富家女孩不一样,他们都感受到了朦胧的爱情。

为了避难,他答应了冬妮亚的请求,住了下来。几天后,冬妮亚找到了保尔·柯察金的哥哥阿尔青,他把弟弟保尔·柯察金送到喀查丁参加了红军。保尔·柯察金参军后当过侦察兵,后来又当了骑兵。他在战场上是个敢于冲锋陷阵的战士,而且还是一名优秀的政治宣传员。他特别喜欢读《牛虻》《斯巴达克斯》等作品,经常给战友们朗读或讲故事。在一次激战中,他的头部受了重伤,但他用顽强的毅力战胜了死神。

保尔·柯察金的身体状况使他不能再回前线,于是他立即投入了恢复和建设国家的工作。他做团的工作、肃反工作,并忘我地投入到艰苦的体力劳动中去。在这一段时间里,保尔·柯察金和冬妮亚的爱情产生了危机,冬妮亚庸俗的个人主义令他反感。等到保尔·柯察金在修筑铁路又见到她的时候,她已和一个富有的工程师结了婚。保尔·柯察金在铁路工厂任团委书记时,与团委委员丽达在工作上经常接触,可是保尔·柯察金以"牛虻"精神抵制自己对丽达产生的感情,后来他又错把丽达的哥哥当成了她的恋人,最后下定决心断绝了他们的感情,因而失去了与她相爱的机会。

在筑路工作要结束时，保尔·柯察金得了伤寒并引发了肺炎，组织上不得不把保尔·柯察金送回家乡去休养。路上还误传出保尔·柯察金已经死去的消息，但保尔·柯察金第四次战胜了死亡。病愈后，他又回到了工作岗位，并且入了党。由于种种伤病及忘我的工作和劳动，保尔·柯察金的体质越来越坏，丧失了工作能力，党组织不得不停止了保尔·柯察金的工作，让他长期住院治疗。在海滨疗养时，保尔·柯察金偶然认识了女民工达雅并相爱。保尔·柯察金一边不断地帮助达雅进步，一边开始顽强地学习，增强写作的本领。1927年，保尔·柯察金已全身瘫痪，接着又双目失明，肆虐的病魔终于把这个充满战斗激情的战士束缚在床榻上了。保尔·柯察金也曾一度产生过自杀的念头，但他很快从低谷中走了出来。这个全身瘫痪、双目失明并且没有丝毫写作经验的人，开始了他充满英雄主义的事业——文学创作。保尔·柯察金忍受着肉体和精神上的巨大痛苦，先是用硬纸板做成框子写。6个月后，写成的手稿丢失了，保尔·柯察金一度灰心丧气。后来，他振作了起来，自己口述，由人代为记录。在保尔·柯察金母亲和妻子的帮助下，他用生命写成的小说《暴风雨所诞生的》终于出版了！生活的铁环已被彻底粉碎，保尔·柯察金拿起新的武器，开始了新的生活。

（二）作者详解

《钢铁是怎样炼成的》一书的作者尼古拉·奥斯特洛夫斯基1904年9月出生于乌克兰的一个普通家庭，祖父和父亲都曾在沙俄军队服役，外祖父母是捷克人，后迁居俄国。母亲心地善良，爱好读书。少年时因家境贫寒，他只能半工半读，最后毕业于七年制的统一劳动学校。他从小具有军人气质：勇猛好斗、坚忍倔强，敢于盗取德国占领军军官的枪支，并单身解救了一个被白军捕获的革命军人。在他的性格中又有淳朴、乐观与随和的一面，好读书，弹得一手好琴，从而得到女友的爱慕和救助。15岁那年，他毅然摆脱温情，告别女友，随同红军上了前线，成为一名骑兵战士。1920年在战斗中身负重伤，22岁那年完全瘫痪，卧病在床，后又双目失明。

正是在这一人生的艰难时刻，尼古拉·奥斯特洛夫斯基决意通过文学作品来展现当时的时代面貌和个人的生活体验。奥斯特洛夫斯基在与病魔做斗争的同时，创作了一篇关于科托夫骑兵旅成长壮大以及英勇征战的中篇小说。两个月后小说写完了，他把小说封好让妻子寄给敖德萨科托夫骑兵旅的战友们，征求他们的意见，战友们热情地评价了这部小说，可万万没想到，手稿在回寄途中被邮局弄丢了。

这意外的打击对他来说，实在是太残酷了，但这并没有挫败他的坚强意志，在参加斯维尔德洛夫共产主义函授大学学习的同时，他开始构思《钢铁是怎样炼成的》。书中的故事就取材于他的亲身经历。他以惊人的毅力，在自己口述、亲朋好友记录的情况下，历经三年的创作，写作完成《钢铁是怎样炼成的》，但多次被出版社退稿，后经朋友们的努力，这部小说得以在《青年近卫军》杂志上连载发表。小说受到评论界的冷遇，但得到了广大读者的追捧。1935年米·科利佐夫在苏联《真理报》上发表介绍尼古拉·奥斯特洛夫斯基的报道，轰动全国。同年10月，尼古拉·奥斯特洛夫斯基被授予代表国家级最高荣誉的列宁勋章。在1936年12月22日逝世前的两年中，《钢铁是怎样炼成的》这部小说被用各种语言重印再版了五十次。

（三）背景知识

《钢铁是怎样炼成的》所描述的事件发生于1915年到20世纪30年代初那一段历史时期。十月革命后，苏维埃政权面临着重重困难：外有协约国的武装干涉，德国、波兰、土耳其、捷克斯洛伐克等外国军队都曾蹂躏过俄罗斯大地，他们抢掠杀戮；内有土匪马帮的捣乱、暗杀和武装暴动，破坏了人们的正常生活。许多人都遭受着失去亲人、颠沛流离的痛苦。革命政府既要粉碎协约国的武装干涉，又要抽派精兵强将去剿灭大大小小的匪帮，还要解决经济建设及人民生活所遇到的重大问题。当时，许多坚定的革命者面对这种困难的局面，以钢铁般的意志忘我地投入到艰苦繁重的工作之中。许多人累坏了身体，顾不上家庭，甚至献出了生命。奥斯特洛夫斯基作为一名普

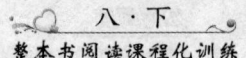

通战士,是当时无数革命者的代表。他创造的小说人物保尔·柯察金是一代人的形象,是英雄群体的结晶。

三 学习任务规划

本任务规划旨在引导学生运用摘抄和批注的读书方法,创新阅读策略,通过阅读整本书,拓展阅读视野,建构阅读整本书的经验,形成适合自己的读书方法,提升阅读鉴赏能力,养成良好的阅读习惯,促进学生对中华优秀传统文化、革命文化、社会主义先进文化的深入学习和思考,形成正确的世界观、人生观和价值观。

《钢铁是怎样炼成的》整本书阅读学习任务规划

学习任务		内容与理解	表达与交流	欣赏与探究
任务一	内容	阅读上下两部内容,逐章编写章节回目。	梳理保尔·柯察金的成长史,绘制保尔的人生轨迹图,并撰写"保尔小传"。	班级准备召开红色经典作品推介会,请帮助班长设计会场内容,用颁奖词或歌词形式表达自己对保尔·柯察金形象的评价和感悟。
	说明	梳理整本书的故事情节和脉络。	整体把握小说主人公的事迹和形象特点,表达阅读体验。	多角度深入理解人物形象,用生动的语言表达自己的感悟和评价。
任务二	内容	绘制人物关系图,建立人物档案。	运用声音戏剧,选择保尔成长中的一个片段,编演广播剧剧本,并阐述角色声音塑造的理由。	比较《钢铁是怎样炼成的》和《红岩》中英雄形象塑造上的异同点。思考探究:今天的我们还需不需要英雄?阅读红色经典还有现实意义吗?

续表

学习任务		内容与理解	表达与交流	欣赏与探究
任务二	说明	把握主要人物的基本事件和人物间的基本关系。	以小组为单位,注重合作探究;结合不同译本语言风格,创作形成自己的语体特点;阐释理由,提升思维能力。	通过比较阅读,进一步感受作品的写作魅力,深入理解作品中文学形象的现实意义。
学习方式		自主阅读	合作交流	探究拓展

四 学习任务现场

(一)"内容与理解"学习任务设计

【任务一】

快速阅读《钢铁是怎样炼成的》整本书,结合每章内容,编写章节回目。

【设计意图】

此学习任务旨在引导学生学会快速阅读,运用略读、跳读与浏览的方法阅读整本书,提炼小说内容的关键信息。学生读懂文本,借助编写章节回目,将整本书的情节梳理清楚,逐章把握小说的情节内容。完成此学习任务不须纠结个别不懂词句的含义,只要捋顺基本情节即可。另外,学生通过阅读《西游记》《水浒传》等古典名著,已经了解了回目的特点和写法。此学习任务可由小组合作完成,再在班级交流完善。

【成果展示】

学生作品1

章节回目示例：

第一部：

第一章：保尔撒灰被开除，车站打工受欺凌

第二章：好消息推翻沙皇，柯察金结识好友

第三章：保尔初识冬妮亚，阿尔青车站罢工

第四章：舞会动乱惹心慌，虐杀犹太始出现

第五章：躲避搜捕露身份，保尔解救朱赫来

第六章：柯察金被抓终出狱，冬妮亚帮助发誓言

第七章：谢廖沙表现优秀任书记，与丽达建立感情终离乡

第八章：保尔加入骑兵部队光荣负伤，监狱解放共产党员毅然赴刑

第九章：恢复知觉右眼失明，参加肃反险些丧命

第二部：

第一章：柯察金协助丽达工作，朱赫来领人平息暴乱

第二章：供应木材被调修路，战胜困难如期完工

第三章：保尔伤好四处探友，恢复团籍电厂上班

第四章：随营长视察边境，当主任参加演习

第五章：痛批战友杜巴瓦，党派壮大逝列宁

第六章：偶遇丽达讲经历，伤人法庭见；

　　　　争斗法庭判无罪，病重海滨疗

第七章：海滨疗养开集会，车祸出院逢达雅

第八章：保尔强忍自杀欲望，达雅坚决不愿离婚

第九章：小说创作即出版，文学战斗新生活

【作品评析】

此学习任务是采用整本书阅读"内容重构"策略，指阅读主体基于进一步的研究目的，通读全书后，提取相关信息，按照新的形式重新组合并呈现。要把握每章情节内容，需要梳理与人物相关的事件，重新组织这些内容，建构客观完整的认识。这一学习任务是以事件为线索，完成对整本书主要内容的重构。从学生呈现的作品来看，学生运用古典作品的回目形式，提炼情节要点，对文本内容进行重构。此学习任务的设计，激发了学生的阅读趣味，解决了学生阅读长篇小说犯难的情绪。

【任务二】

速读《钢铁是怎样炼成的》，绘制人物关系图，建立人物档案（形式自选：人物关系图式、人物履历表式、人物卡片式、人物谱式等）。

【设计意图】

此学习任务引导学生在运用略读、跳读与浏览的方法阅读整本书之后，再以一个新的角度，以一个人物为核心，观照其与其他人物的关系，再读文本。这次的阅读与第一次阅读不同，要深入情节之中，进行具体的甄别筛选，读懂文本，借助绘制人物关系图，建立人物档案的方式，整体把握长篇小说的人物形象，并在提炼、概括、梳理形象特点的探究过程中，深入理解保尔等人物的精神。

【成果展示】

学生作品1

人物关系图

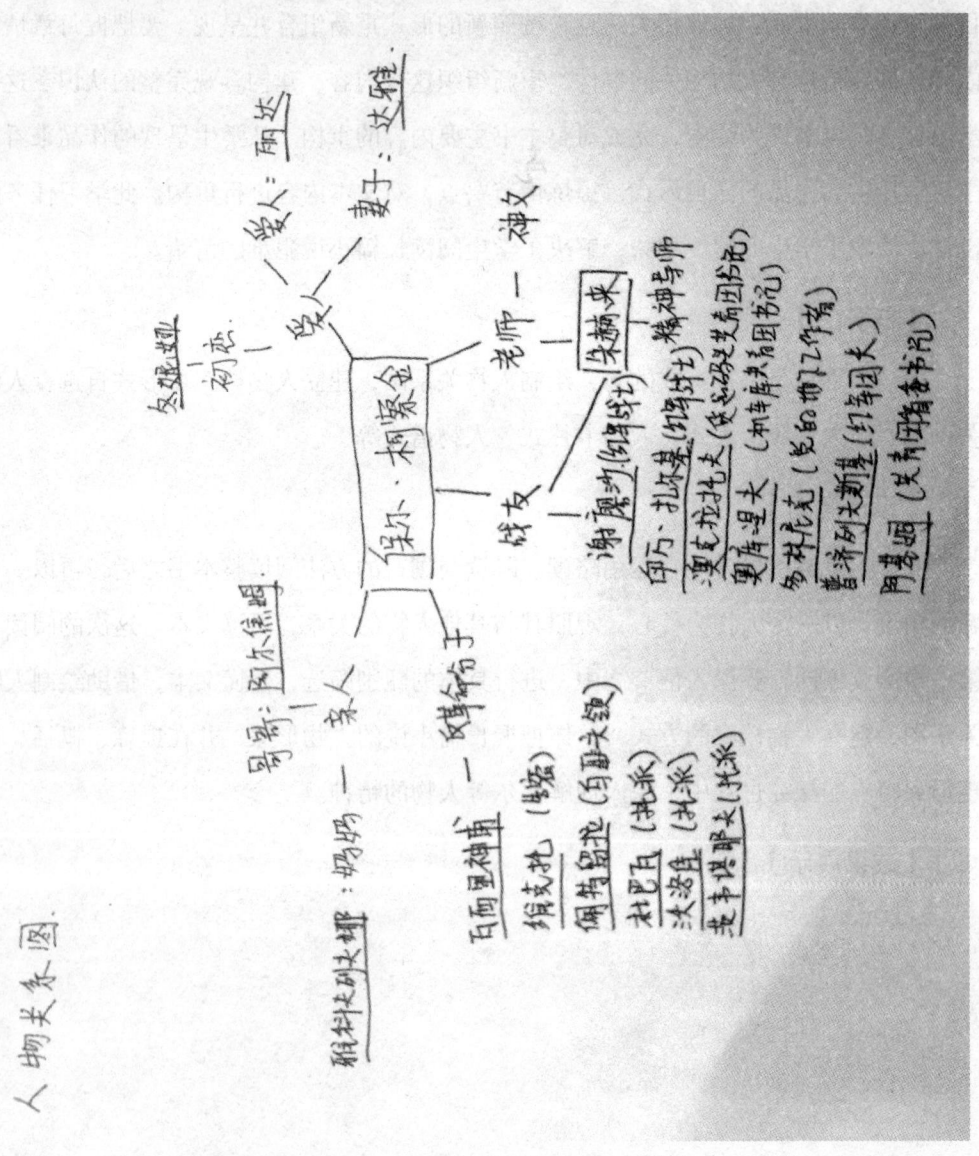

学生作品2

人物档案（履历表式）

履历表

姓名	保尔·柯察金	籍贯	前苏联
年龄	33岁	出生年月	1903年
学历	小学三年文化	身体状况	在筑路工作要结束时，保尔得了伤寒并引发了肺炎，后来保尔的体质越来越坏，长期住院治疗。1927年，保尔已全身瘫痪，接着双目失明。
特长	拉手风琴；爱读书	工作单位	省肃反委员会
家庭成员	母亲：玛丽亚·雅科夫列夫娜；哥哥：阿尔焦姆·柯察金；妻子：达雅		
主要社会关系	出生于贫困的铁路工人家庭，早年丧父，凭母亲替人洗衣做饭维持生计。12岁时，母亲把他送到车站食堂当杂役，在那儿他受尽了凌辱，所以他憎恨那些欺压穷人的店老板，厌恶那些成天酗酒地的有钱人。"十月革命"爆发后，红军留下老布尔什维克朱赫来在保尔家住了几天，给保尔讲了许多道理。在一次钓鱼的时候，保尔结识了林务官的女儿冬妮娅，冬妮娅找到了保尔的哥哥阿尔焦姆，他把弟弟送到察里津加入了红军。在这一段时间里，他和冬妮娅的爱情产生了危机。又错把丽达的哥哥当成了她的恋人，又失去了与她恋爱的机会。在筑路工作要结束时，保尔得了伤寒并引发了肺炎。在海滨疗养时，他认识了达雅，并与之相爱。在妻子的帮助下，用生命成就了小说《暴风雨里所诞生的》。		
工作生活经历	12岁时，母亲把保尔送到车站食堂当杂役。参军后当过侦察兵，后来又当了骑兵。他在战场上是个敢于冲锋陷阵的干将而且还是一名优秀的政治宣传员。后来保尔在铁路工程团委书记后在筑路工作要结束时发了肺炎并因为病情严重，组织上不得不把保尔送回家去休养，病愈后，他又回到了工作岗位，并且入了党。后来病情加重，开始写作。		
主要工作成就	为加入红军，投入到恢复和建设国家的工作，并忘我的投入到艰苦的体力劳动中去。病愈后回到了工作岗位，并入了党。在海滨疗养时写下小说《暴风雨里所诞生的》。		
主要优点 主要缺点	他有着鲜明的阶级立场，崇高的道德风貌，顽强的战斗精神和那种为理想而献身的精神和钢铁般的坚强意志。 不爱惜身体，对自己的身体不够爱护，很任性。		
总评价	保尔是伟大的，也是积极的，他是在革命的烈火中逐渐历炼成熟起来的钢铁战士，是一个有血有肉的，让人感到亲切的榜样式人物。		

73

学生作品3

人物档案（人物卡片式）

小说人物卡片

1. 人物：谢廖沙
2. 出处：《钢铁是怎样炼成的》
3. 典型事件
   (1) 童年时间期：勇于承担与保尔一同犯下的错误，被赶出学校。
   (2) 青年时期：苏维埃政权建立后，他奋不顾身地想加入红色政权，成为了一名红军战士。并成为了一名重要的共青团乌克兰区委会书记。
4. 人物关系
   主要：是主人翁保尔·柯察金在儿时最好的朋友。

5. 评价
   他曾是个顽皮的男孩子，但因社会性质黑暗，他很早就懂得了反抗，有对压迫者、有钱人的仇恨。在加入红军后，他身上的优秀品质彻底被激发出来了，他有高度的自我牺牲、奉献精神。是位令人敬佩的革命英雄。

学生作品4

人物档案（人物谱式）

外貌：吵老、骨骨骼瘦、棕色头发、灰色眼睛

人物经历：被神父开除后参军、在本林来海军中 医受之诉、结识朱赫来 在认识到革命精神 后经过困难走上战场受伤后加入红军

他参过战眼长、骑兵、后又从事过建设、根据一切地形进行工作、又建设了桥梁、药水罐工作、直至他身别人革命、帮助他从明他将和妻克医夫发明新 新始文艺创作、终于他的作品得以出版了

保尔柯察金

相关人物：
恋人：冬妮娅
恋爱人：丽达
兄弟：阿尔焦姆
朋友：克里姆卡、谢廖沙、朱赫来
战友：瓦利亚、朱赫来、达利亚…

品质形象：
爱憎分明、精神饱满、勇敢急志
坚定、坚强、勇敢 会译 乐观…

人物名言：
1. 人的一生应当这样度过 每当他回首往事时 他因虚度年华而悔恨 也不会因为碌碌无为而羞耻。
2. 人的一生似流水奔腾 不遇见岛屿和暗礁 就激不起美丽的浪花。

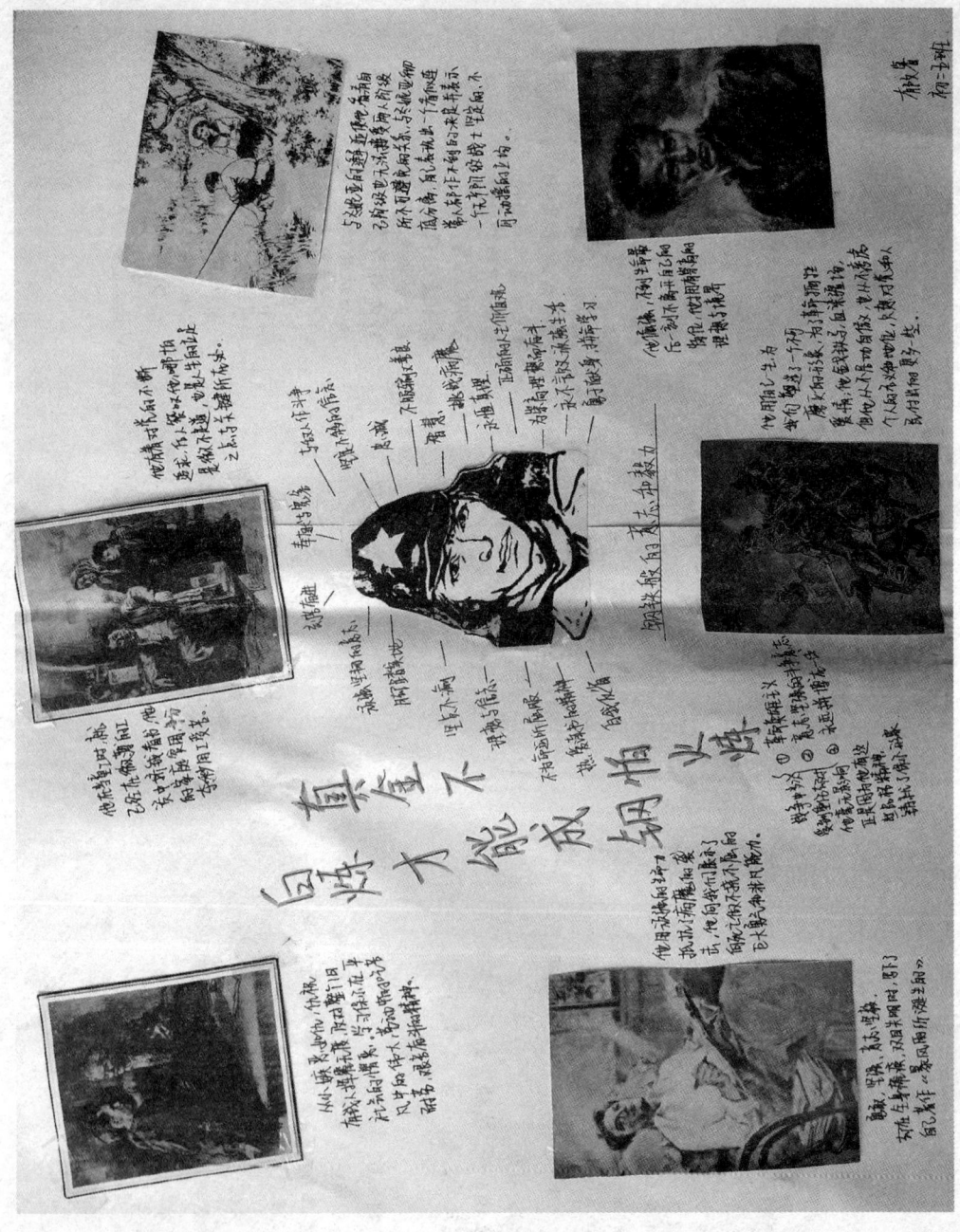

【作品评析】

　　此学习任务依然采用整本书阅读"内容重构"策略，基于进一步了解小说人物的研究目的，通读全书，提取相关信息，按照新的形式重新组合并呈现。本学习任务以人物为线索，以保尔为中心，梳理小说人物关系，完成对整本书主要内容的重构。从学生呈现的作品来看，学生通过制作履历表、卡片和人物谱等各种形式的人物档案，饶有趣味地多角度把握了与人物相关的事件，并对人物自身体现的基本精神有了初步的了解。从学生作品的构思来看，审美素养高的学生能够根据自己的阅读体验，用非常形象的方式呈现人物特质，而且对于人物精神的把握有自己的认识。

（二）"表达与交流"学习任务设计

【任务一】

　　分组细读原著上下部内容，绘制保尔的人生轨迹图，梳理保尔的成长史，撰写"保尔小传"。

【设计意图】

　　用线条链式图和文学样式"小传"形式，引导学生整体把握小说主人公的人生成长脉络和形象特点，既直观简洁地展现保尔人生中的重大事件，又能用文学的方式表达自己的独特阅读体验。

【成果展示】

学生作品1

保尔·柯察金人生轨迹图

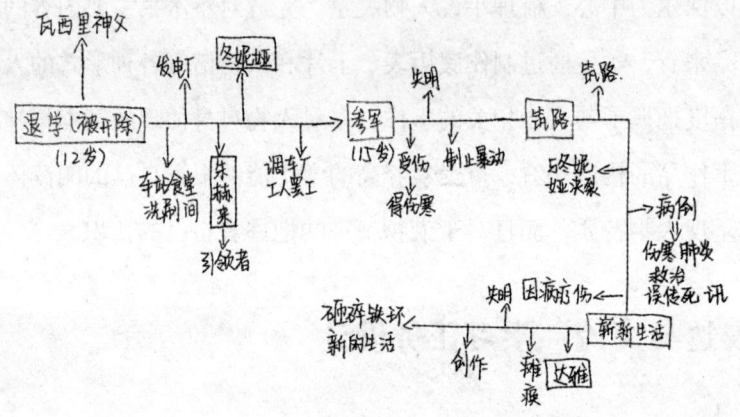

初二(1)班
李向晨

学生作品2

保尔人生轨迹图

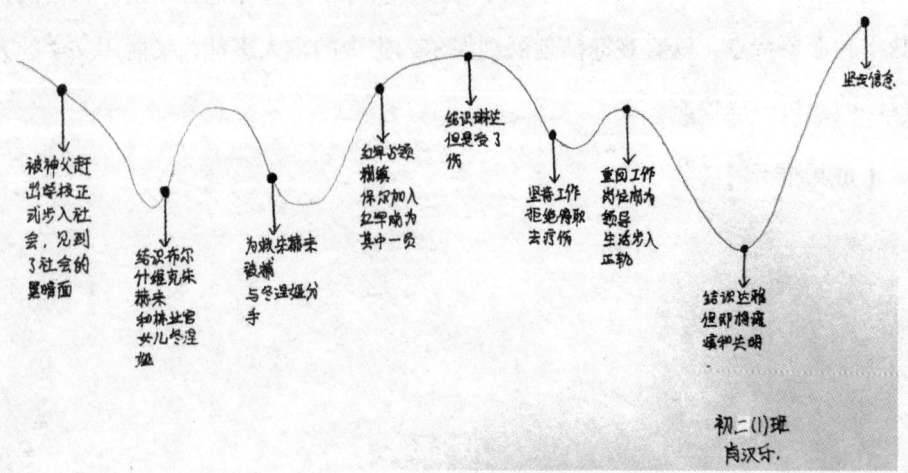

初二(1)班
肖汉乐

学生作品3

浴火重生的英雄
—— 保尔·柯察金小传

保尔·柯察金,出生于贫困的铁路工人家庭,早年丧父,靠母亲替人洗衣做饭养家糊口。在他三年级时,因痛恨神父平日对穷困孩子的偏视,于是往神父的复活节蛋糕里撒了烟末而被开除。12岁时,他被母亲送到车站的食堂当了杂工,在那里他受尽了凌辱。但也培养了他的反抗精神和不畏困难的勇气,他憎恨那些花天酒地的有钱人和欺压穷人的老板。

十月革命开始后,帝国主义反动派妄图扼杀新生的苏维埃政权,保尔的家乡也经历了战争与暴乱。老布尔什维克朱赫来在镇上做地下工作,教导了保尔正确的革命观点。在一次钓鱼时保尔结识了自己的初恋——林务官的女儿冬妮亚,并在一次意外后与她加强了友谊,后来发展成了恋人。

保尔参军后当过侦察兵,后来又当了骑兵。他在战场上敢于冲锋陷阵,还是政治宣传员,他在一次大战中头部受了重伤,但他用顽强的毅力战胜了死神,并立即投入了恢复和建设国家的工作,特别是修建铁路的工作非常艰苦,但他依然忘我工作,不畏艰辛。

后来,因为冬妮亚的个人主义思想,保尔毅然决定与她分手,在铁路工厂担任书记时,与丽达经常接触,但因为保尔"牛虻式"的感情处理方式和对丽达的误会,因而失去了与她相爱的机会。

在筑路工作要结束时,保尔得了肺炎,不得已只好回家休养,但他凭借自己不屈的意志,第四次战胜死亡回到人间。由于高强度的工作和劳动,他的身体变得越来越坏,只能长期住院,在海边疗养时,他认识了女民工达雅并与之相爱。保尔一边帮助她进步,一边坚强地学习写作。1927年。病魔已使他全身瘫痪,双目失明,他也一度产生过自杀的念头,但在母亲与妻子的鼓励帮助下,重新开始了文学创作之路,他用生命写成的《暴风雨所诞生的》终于在次年出版,保尔拿起武器,开始了新的生活。

【作品评析】

此学习任务运用整本书阅读的闪回法,梳理保尔·柯察金的成长史,梳理小说中与保尔相关的人物事件,重新组织这些内容,建构客观完整的认识;然后绘制人物人生轨迹图,不论是曲线图,还是箭头折线图,我们都可以从中看到社会的风貌和斗争情况;最后,撰写"保尔小传",作者将自己的人生经历附加在保尔身上,此学习任务基于《钢铁是怎样炼成的》带有自传色彩,主人公非常明确,保尔·柯察金是事件的核心人物,所以借助人物小传,引导学生跳读文本,把握人物在作品中的地位和人物形象塑造中的典型事件,深入理解人物形象特点和形象塑造的意义。另外,学生在完成任务的过程中,锻炼了自己提炼信息和整合信息的能力。

【任务二】

运用声音戏剧,选择保尔成长中的一个片段,编演广播剧剧本,并阐述角色声音塑造的理由。

【设计意图】

此学习任务再次运用捕捉闪回的策略,学生通过再读和细读的方式,借助回目和人物小传、人生轨迹图,结合不同译本语言风格和自身的语言特点,设计有个性风格的台词;以小组为单位,注重合作探究;阐释理由,提升思维能力。完成此任务,需要在小组中反复揣摩人物的性格、语体特点,最后在班级尝试表演交流。

【成果展示】

学生作品1

《钢铁是怎样炼成的》剧本片段

第一部：

第一幕　保尔失学

时间：苏联时期

地点：学校，家庭

人物：保尔，神父，母亲，男孩A、B、C，女孩A、B

（幕起，身穿长袍的神父威严地站在讲台前，凝视着台下的学生。台下的学生们战战兢兢，低垂着头不敢直视。）

神父：（语气严肃）过年以前你们当中有谁在我家上过课，站起来！

［四个男孩（含保尔），两个女孩慢慢地站起来。］

男孩A、B、C，保尔：我们去过。

女孩A、B：还有我们……

神父：（看着两个女孩摆摆手）你们俩坐下。

女孩A、B：（如释重负地长呼一口气，对视一眼）吓死我了……

神父：（凝视四个男孩）那现在，你们这些家伙告诉我，你们之中谁会抽烟？

男孩A、B、C，保尔：（小心翼翼）神父，我们不会抽烟。

神父：（生气）你们这群坏蛋，都说不会抽烟，那么是谁往面团里撒烟末的？真的不会抽烟吗？我们马上就可以见分晓。把口袋翻过来！没听到吗？翻口袋！

（三个男孩开始翻找，把自己兜里的东西掏出来，保尔没有动。）

神父：保尔，你干吗像木偶一样站着？动呀！

保尔：（暗自翻了个白眼）我没有口袋。

神父：哼！没有口袋？

保尔：不信您翻，我的口袋早就被我母亲缝起来了。

神父：保尔，你这个坏蛋，你以为这样一来，我就查不出糟蹋面团儿的恶作剧是谁干的吗？真是太异想天开了！上次是你母亲苦苦哀求我才留下你，这次是不可能了！滚吧！（揪着保尔的耳朵推出了门。）

男孩A：（小声道）保尔被发现了？

男孩B：早说过不让他这么干。

男孩C：明明就是你教唆的。你不怕他来找你的麻烦？

男孩B：我……

神父：（走进来拍桌子）安静！看到没有，这就是搞恶作剧的下场。我宣布，保尔·柯察金被开除了！

（门口）

保尔：（个人独白）现在我该怎么办？全怪神父，可我为什么抽烟？都是谢廖沙教唆我的，可是现在他没事，我却要被开除了！（灰溜溜地走开）

（场景切换到家庭）

母亲：（气极了）保尔！你是疯了吗！你知道你能留在这里读书有多不容易？

保尔：（低垂着头）我只是往神父的面团里撒了烟末，现在我知道错了。

母亲：你为什么要这么做？

保尔：我恨瓦西里神父。之前我听到高年级的教师讲，地球已经存在好几百万年了，这和神父讲的不一样，我上课问他，结果就被他毒打了一顿！

母亲：你这是在干什么呢？这次事情后我去恳求了神父让你回去读书，你为什么不珍惜？

保尔：我也想的！可是后来，我一再受到瓦西里神父的歧视，往往为了鸡毛蒜皮的小事，他就把我撵出教室，有时好几个星期天天罚我站墙角，而且从来不问我功课，所以我就在去他家补考的时候动了手脚。

母亲：（摇头）唉！你呀。

保尔：（愧疚）对不起，妈妈。

母亲：事到如今也没用了，你现在被开除了，只有去工厂做工了。明天我就去找人。

保尔：嗯，我一定会好好干的。（点头）

【作品评析】

将小说改编成戏剧，并且演出来，可以大大激发学生的阅读兴趣，变无声的阅读为有声的表演艺术。声音戏剧可以突破场地、无表演基础等问题，结合平时的分角色朗读练习和课本剧的编演，引导学生多角度立体地展现人物形象，同时彰显了学生的个性特点。运用小组合作编演的方式，有利于学生深入片段中，及时交流对人物形象和精神特点的看法，碰撞中形成对人物和形象刻画的较客观的认识。台词中角色塑造的阐释，提升了学生的形象思维和创造思维能力。

（三）"欣赏与探究"学习任务设计

【任务一】

班级准备召开红色经典作品推介会，请帮助班长设计会场内容，用颁奖词或歌词形式表达自己对人物保尔·柯察金形象的评价和感悟。

【设计意图】

以颁奖词或歌词为媒介，通过反思质疑，运用文学化的表达，输出自己的观点与感悟，在创作过程中激发和促进对人物的多角度深入理解，提升对作品的感悟与鉴赏能力。

【成果展示】

学生作品1

保尔·柯察金颁奖词

  他早年丧父、被校开除；他充当杂役、受尽凌辱……幼年的他经历了一个又一个坎坷，但他没有放弃，而是积极跟随老布尔什维克朱赫来学习英式拳击，积极培养自己的革命热情。事后又因解救朱赫来而被关入监狱，凭借自己的聪明才智逃出。因担心会连累恋人而毅然离开，在朋友谢廖沙的影响下参加了红军……少年桀骜不驯，披着一身孤勇与韧劲，只想为少年道一句："保尔·柯察金，未来可期！"

学生作品2

革命战士颂
——赞保尔·柯察金

词：陈雨瑄

曲：原曲《醉梦前尘》

金戈铁马　革命理想

暴风雨所诞生的

解救朱赫来　转战南和北

疗养院中　以笔代革命

探正邪两道　冲破迷雾团

孤一身战死神

亦不曾　将内心辜负

少年时励志　梦想入红军

钢铁战士起来了

这一世　奉献奋进

革命烽火燃起　道相同义在心中

虽双目失明　为解放斗争

善恶是非分明　光明给我经验

坚强的保尔战胜懦弱的保尔

不平凡的普通人

革命烽火燃起　道相同义在心中

最壮丽的事业　为解放斗争

善恶是非分明　光明给我经验

钢是在烈火和急剧冷却中

锻炼出来的

锻炼出来的

【作品评析】

本次任务中学生以颁奖词和歌词的形式，对书中主要情节进行了回顾，展示了学生对人物形象的准确把握，生动形象地表达出自己的阅读感悟和评价。学生在创作过程中，提升了语言梳理与整合的能力及对作品的感悟与鉴赏能力，激发并促进了学生对人物的多角度深入探究理解能力。同时，学生在改写歌词中，选择了自己喜欢的歌曲（歌手），大胆表达出自己对人物的理解，不仅展现了保尔形象的特点和积极意义，还体现了自己对于革命精神的传承和乐观主义精神。

【任务二】

结合红色经典《红岩》的阅读，比较《钢铁是怎样炼成的》和《红岩》中英雄形象塑造上的异同点。进一步思考探究：今天的我们还需不需要英雄？阅读红色经典还

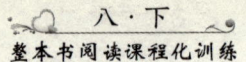

有现实意义吗?

【设计意图】

此学习任务旨在引导学生把握同类型作品的阅读,增进对作品的理解,增强思维的深刻性和批判性,提升阅读的深度,拓展学生的思维。通过比较阅读,让学生进一步感受作品的写作魅力,深入理解作品中文学形象的现实意义。传承优秀的中华传统文化,理解多样文化,增强文化传承与理解,思考阅读红色经典的现实意义。

【成果展示】

学生作品1

《红岩》与《钢铁是怎样炼成的》英雄形象比较探究之异同点

《红岩》:江姐、许云峰、成岗、刘思扬、华子良等英雄群像

《钢铁是怎样炼成的》:英雄保尔·柯察金

对比角度	保尔·柯察金人物形象	《红岩》中的英雄群像
人物经历	出生于贫困家庭,早年丧父,生活艰难。小时曾受尽凌辱,故而憎恨花天酒地的有钱人。十月革命爆发后曾向朱赫来学习拳击,培养了革命热情,之后在朋友的影响下加入了红军。有一次在战争中受重伤,恢复后远离前线,投入到党团的建设工作中。在筑路工作后又得了重病,病愈后入了党,但丧失了工作能力。在全身瘫痪且双目失明的情况下创作出了《暴风雨所诞生的》一书,开始了新的生活。	在1948年国民党的统治下,处在黎明前最黑暗时刻的共产党员们在渣滓洞和白公馆中受刑,敌人为了得到口供,妄图用炎热、蚊虫、饥饿和酷刑动摇共产党员们的意志,但在他们坚如磐石的意志品质前,敌人也是一筹莫展,一败涂地,党员们最终在里应外合的配合下成功越狱,成功进行了革命活动。

续表

对比角度	保尔·柯察金人物形象	《红岩》中的英雄群像
品质形象	他是一个在布尔什维克党的培养塑造下,在革命烽火和艰苦环境中锻炼出来的共产主义新人的典型形象。是一个自觉、无私的革命战士,总是把集体、国家的利益放在第一位,甘愿为革命事业流血牺牲。为了革命,他甚至可以牺牲自己的爱情,他生命的全部意义都在于为党和国家事业做出贡献。是一个刚毅坚强的革命战士,在敌人的严刑拷打下坚贞不屈。是一个平凡又伟大的英雄人物,他总是从最平凡的小事做起,不追逐名利金钱,是多数平凡人中敢于接受革命烈火淬炼的钢铁战士。	《红岩》这部红色英雄小说中塑造了一个英雄团队,里面有坚强勇敢、冷静沉着的许云峰,有刚毅坚强、视死如归的江姐,有坚贞不屈、气节不减的成岗,有内心丰富、信仰坚定的刘思扬,有忍辱负重、忠贞不屈的华子良等英雄人物。这些革命者们为了迎接全国的解放,彻底挫败敌人的垂死挣扎而进行殊死搏斗,他们具有为真理而斗争的坚强意志和大无畏的精神。他们虽然职业不同、出身不同,但都具有坚定的共产主义理想,对革命事业无限忠诚,在敌人面前永远大义凛然、不屈不挠,舍生取义,从容献身。
精神对比	《钢铁是怎样炼成的》最成功的点就在于成功塑造了保尔这个活在战火下的英雄形象,但却不免有个人英雄主义的嫌疑。在弘扬红色革命精神的同时,保尔在与病魔抗争的过程中沉浸在自己的英雄主义激情里,同时他也包含有"左派"幼稚病的危险。但也正是通过塑造这样一个极其正面的英雄形象,这本书才能表现出主题下的为理想而献身的精神,钢铁般的意志和顽强奋斗的高贵品质。	"红岩精神"是革命烈士对共产主义信念执着追求的高度概括。在《红岩》一书中,"红岩精神"却不仅仅代表着共产党员不畏强权、勇敢斗争的精神,它其中还包括中华民族精神中相当重要的团队合作精神。在地下党准备组织狱中暴动时,华子良与狱中的党组织接上了关系,而同时被关在地窖中的许云峰也挖出了一条秘密通道,多方人马成功接头后,依靠着大家共同的力量,同志们终于冲出了魔窟,迎接了黎明时分灿烂的曙光。"一人不成事",在威胁与苦难下,只有团结起来,共同面对才是成功的途径,也是"红岩精神"中重要的组成部分。

续表

对比角度	保尔·柯察金人物形象	《红岩》中的英雄群像
人物塑造	以叙述为主要手法，人物多采用正面描写，其中心理描写和语言描写尤其突出。保尔又是以作者自己为原型塑造出来的形象，作者是以自己的生活经历和真情实感来创作保尔这个人物，所以在人物刻画上尤其真实，更加感人。 例1：他穿着又破又旧的短褂，一只脚穿着破靴，另一只脚穿着古怪的套鞋，脖子上围着一条脏毛巾，脸好久都没有洗过。 ——保尔的外貌描写，由下到上写出了保尔的生活窘迫，突出他艰苦但不屈的革命精神。 例2：他站起来，向大路走去。一个赶着四轮马车进城的山里人，把他顺路带上。在十字路口他买了一份当地的报纸。报上登载着一个通知：要城里的党员到杰米扬·别德内依俱乐部开会。保尔回到家已是深夜。他在会上发表了讲话。他没有想到，这是他最后一次在大会上演说。	以白描为主要手法，为我们塑造了一群革命英雄的群体形象，人物同样多采用正面描写，其中动作描写和情节白描尤其突出。作品以塑造人物形象为反映或表现生活的主要手段，许多故事情节经过艺术加工后极具传奇性，更体现了人物的宝贵精神品质。 例1：死亡，对于一个革命者，是多么无用的威胁。他神色自若地蹒跚地移动脚步，拖着锈蚀的铁镣，不再回顾鹄立两旁的特务，径自跨向石阶，向敞开的地窖铁门走去。他站在高高的石阶上，忽然回过头来，面对跟随在后的特务匪徒，朗声命令道："走！前面带路。" ——面对着步步逼近的鬼门关，许云峰没有表现出丝毫的害怕，反而革命信念更加坚定，即使海枯石烂、天崩地裂，也不会动摇。 例2：徐鹏飞不愿多想这些，他把手上的文件丢在一边，克制着自己的思路，他不相信严醉会比自己更高明。和共产党做斗争，即使是老奸巨猾的严醉，也未必能够稳操胜算。使他烦恼不安的，不仅是严醉的掣肘，更主要的还是如今共产党活动的灵活机警，使得他一直找不到有用的线索。

续表

对比角度	保尔·柯察金人物形象	《红岩》中的英雄群像
人物塑造	——以内心独白的方式，生动地刻画出保尔在疾病缠身、丧失了战斗能力的严峻时刻，内心的绝望、动摇时战胜软弱、战胜自我的全过程，心理刻画细腻感人。 例3："好姑娘，你别担心，我可不会这么容易就进棺材的。我还要活下去，哪怕有意跟那些医学权威的预言捣捣蛋也好嘛。他们对我病情的诊断完全正确，但是写个证明，说我百分之百失去了劳动能力，那就大错特错了。我们走着瞧吧！" ——用语言描写表现保尔的坚定乐观，也在一定程度上体现出了他的个人英雄主义。	——细腻的心理描写，写出了徐鹏飞在任务遭到掣肘时的烦躁不安，通过刻画反面人物的心理活动，衬托英雄党员们大无畏的革命勇气和精神。 例3："我们是天生的叛逆者，我们要把这颠倒的乾坤扭转！我们要把这不合理的一切打翻！今天，我们坐牢了，坐牢又有什么稀罕？为了免除下一代的苦难，我们愿——愿把这牢底坐穿！" ——充满激情、大义凛然的话语表现出英雄党员宁死不屈、视死如归的优秀精神品格，为党，为国家，为集体，他们甚至甘愿付出自己的生命。不断出现的"我们"这个词语体现出党员们的集体意识、团结观念，他们将团结在一起，誓死为理想事业而奋斗。
意义作用	保尔的一生是战斗的一生，在遇到挫折与困难时，我们就要发扬保尔精神，以大无畏的精神结合科学的精神，将保尔身上所体现的爱国主义、理想主义、革命英雄主义精神继承和发扬下去。	红岩中的精神可以归结为爱国、团结、奋斗、奉献。英雄共产党员们所体现的爱国主义热情也在激励着我们发扬中华民族百折不挠的优良传统和自强不息的民族勇气。这些人物身上所反映的团结、民主的作风，也可以充分调动当代人们的工作热情。而他们身上的艰苦奋斗和奉献精神则不管在哪里、哪个时代都极具影响力，是中华民族优秀传统文化与精神中不可或缺的一部分。

【作品评析】

在经典阅读中，红色经典独树一帜，形成了鲜明的精神文化特色。在这个任务中，将两部各以中西文化为背景的红色经典放在一起比较，将作品和人物放到特定的情境、背景和文化中进行评价，从而理解多样文化。我们以两部作品重点塑造的英雄形象为比较点，从作品背景、人物形象、塑造方法、作品影响等多方面，比较英雄群像和个体英雄形象塑造与产生背景（特别是文化背景的差异性）的异同点。学生在比较阅读过程中，确定比较点后，深入到文本中，运用选择性阅读、细节精读和查找资料相结合的方式，归纳梳理，再在班级中进行交流，表达自己的思考认识以及探究的结果。在这个过程中，提升了学生思维的深度，让学生理解多元文化，进一步思考作品阅读的现实意义，理解时代英雄的精神内涵。

五 学习效果评价

整本书阅读评价通过小组和班级交流、个人及小组学习效果展示等多种方式进行，开展以学生为中心的多维度、多主体的多元评价，考查学生阅读的兴趣、习惯、品位、方法和能力等。本书是八年级下册推荐的阅读篇目，结合课标要求与学生的阶段特征，可分别从默读、精读、略读和浏览等角度进行评价。另外，我们鼓励家长和孩子一起共读作品，交流阅读红色经典的现实意义，并依据孩子的收获进行评价。

小组交流评价表

评分组名	评分指标	分值	得分	自我评价	组员评价（推荐理由）
	故事情节梳理具体清晰，能阐释前后情节间的关系。	5			
	人物形象特点把握准确，能从不同角度清晰阐明自己对保尔形象的理解和评价。	5			
	能比较不同作品的异同，主动探究文化问题，对作品的主题有充分认识。	5			
	能用不同方式表达自己阅读的感悟和启发，能体现一定的文学底蕴。	5			
	总分	20			

班级交流评价表

组别	内容 (10分：是否准确、充实、新颖、全面)	表达 (10分：是否流畅、清晰、准确；是否与同学互动)	合作 (10分：是否全员参与、任务分配是否合理、配合是否紧密团结)	总评 (30分：整体评价)

如何阅读
《平凡的世界》《名人传》

许海霞◎编

（北京市通州区第六中学一级语文教师）

教师编写参考图书

一 专题设计依据

（一）核心理念

　　《普通高中课程标准（2017年版）》中，"整本书阅读与研讨任务群中的学习目标与任务，是在阅读过程中探讨阅读整本书的门径，形成和积累自己阅读整本书的经验。重视前人的阅读经验，根据不同的读书目的，综合运用精读、略读与浏览的方法阅读整本书，读懂文本，把握文本丰富的内涵和精髓"。

　　语文的核心素养是"语言建构与运用、思维发展与提升、审美鉴赏与创造、文化传承与理解"，其中"思维发展与提升"更是重点。思维发展与提升指"学生在学习语文中，通过语言运用，获得直觉思维、形象思维、逻辑思维、辩证思维和创造思维的发展，以及深刻性、敏捷性、灵活性、批判性和独创性等思维品质的提升"。

　　"外国作家作品研习"任务群规定的学习目标与内容有：（1）阅读外国经典作品，认识所读作品的地位和价值。（2）撰写读书笔记，阅读作品应写出内容提要和阅读感受。选择感兴趣的作家、作品或话题，撰写评论。（3）尝试探讨不同民族文学之间的共同话题和文化差异，尊重文化多样性，提升文化鉴别力。

　　本专题通过阅读若干部不同国家和不同民族不同时期的文学名著，感受人类文化的丰富内涵和精髓，提升文化鉴别力，培养阅读外国经典作品的兴趣和开放的文化心态，理解"磨难在实现自我价值中的作用"。在不同的语境中感悟、理解、提升自己的认识，形成自己正确的价值观和人生观。同时通过阅读多文本，采用不同的阅读方法和策略，分析质疑、比较分析，培养思辨能力，提升思维品质。

1. 整本书阅读。《义务教育语文课程标准（2011版）》中这样表述："要重视培养学生广泛的阅读兴趣，扩大阅读面，增加阅读量，提高阅读品位。提倡少做题，多读书，好读书，读好书，读整本的书。"1941年，著名教育家叶圣陶在《论中学国文课程标准的修订》中对"读整本的书"作了专门论述，明确提出"把整本书作为主体，把单篇短章作辅佐"的主张。

整本书的阅读有利于学生对名著整体内容的把握，建构对人物形象的完整感受和理解，拓展视野，提升思维品质，提高思辨能力，建构自己阅读整本书的经验，形成适合自己的读书方法，提升阅读鉴赏能力，养成良好的阅读习惯，促进学生对"只有磨难才能实现自我价值"的主题的深入理解，有利于学生形成正确的世界观、人生观和价值观。

2. 群书阅读。整本书阅读突破了单部作品的限制，从不同维度共同围绕着一个或多个主题进行自主式阅读，学习任务群在创设的真实的情境下，让学生通过阅读与鉴赏、表达与交流、梳理与探究的自主活动，自主阅读每本书，完成任务，发展个性，增强思维能力，形成理解应用系统。通过对比、分析、归纳、重组、再创造等形式，获得更多的启迪与哲思，丰富精神世界。

3. 任务驱动。创设与学习主题相关的真实情景，将多个教学内容转化为富有挑战的学习任务，引导学生在原有阅读单部作品的基础上，对相关内容进行重组、比较和探究，形成分析问题、解决问题的能力，提升思辨能力和思维品质，提升思维鉴赏能力。

（二）内容分析

《平凡的世界》和《名人传》是"部编版"语文教材八年级下册推荐的阅读名著，作为该册必读名著《钢铁是怎样炼成的》的阅读补充。

《平凡的世界》描述了来自平凡的乡土社会的平凡的人物对其生活和自我身份的不平凡的追求，该作品的现实意义、主人公不屈不挠的奋斗精神及路遥对乡土苦难的书写都给读者留下深刻的印象。本书主要探讨乡村知识分子在改革大潮中的身份追寻问题及自我价值精神的探究，主人公孙少平在空间上的活动实际上是其身份追寻与建构的一个表征。

本书从乡村、城市、城市交叉地带等不同的空间，对以孙少平为代表的乡村知识分子的身份追寻，充分体现了磨难对实现自我价值的重要作用。人经历磨难不一定取得成功，但磨难可以锻炼人的意志，培养人的坚忍不拔精神，可以促使人对自我价值的反思，实现自我价值的作用。

《名人传》是19世纪末20世纪初法国著名的批判现实主义作家罗曼·罗兰（1866—1944年）创作的人物传记作品，它包括《贝多芬传》（1902）、《米开朗琪罗传》（1905）、《托尔斯泰传》（1911）三部传记，被称为"三大英雄传记"，也称"巨人三传"。这本书印证了中国人的一句古训——古今之成大事业者，非惟有超世之才，亦必有坚韧不拔之志。

此传记里的三个人，一个是德国的音乐家贝多芬，一个是意大利的雕塑家、画家、诗人米开朗琪罗，另一个是俄国作家、思想家、文学家列夫·托尔斯泰。虽然各自的事业不同，贡献不同，所处时代和国家也不同，但他们都是伟大的天才，都是各自领域里的伟人。他们在肉体和精神上经历了人生的种种磨难，或有病痛的折磨，或有悲惨的遭遇，或有内心的恐慌感，或三者交叠加于一身。而他们在艰苦的历程中依然坚持创作，全靠他们对人类的爱，对人们的信心。贝多芬供给大家享乐的音乐，是他用痛苦换来的欢乐。米开朗琪罗给后世的不朽杰作，是他一生血泪的凝聚。托尔斯泰在他的小说里，描述了万千生灵的渺小与伟大，描述了他们的痛苦和痛苦中得到的和谐，借以传播爱的种子，传达自己的信仰："一切不是为了自己，而是为了上帝生存的人。""当一切人都实现了幸福的时候，尘世才能有幸福存在。"

（三）背景知识

中外关于苦难文学的题材多种多样，代表作也不计其数，如《平凡的世界》《名人传》《钢铁是怎样炼成的》《童年》等中外名著。这些名著中的主人公都经历了不同的磨难，这些磨难对主人公的成长起到了很大的作用，对实现自我价值和精神的成长起到了不可磨灭的作用。

《平凡的世界》是中国作家路遥创作的一部百万字的小说。这是一部全景式地表现当代城乡社会成长的长篇小说，全书共三部。该书以中国 20 世纪 70 年代中期到 80 年代中期十年间为背景，通过复杂的矛盾纠葛，以孙少安和孙少平两兄弟为中心，刻画了当时社会各阶层众多普通人的形象；劳动与爱情、挫折与追求、痛苦与快乐、日常生活与巨大社会冲突纷繁地交织在一起，深刻地展示了普通人在大时代历史进程中所走过的艰难曲折的道路。

《名人传》是 20 世纪初，"在物质利益决定一切，欺小凌弱和暴力成为国际秩序的时代，需要的是高贵的精神，甘愿自我牺牲、以痛苦为人类献祭的榜样"的背景下创作的。罗曼·罗兰把社会变革与进步的希望寄托在"英雄"人物的身上，他要为他心中理想的精神巨子立传，让人们"呼吸到英雄的气息"，为我们的精神世界创造光辉夺目的太阳。他制订了详细的创作计划，并先后写成《贝多芬传》《米开朗琪罗传》《托尔斯泰传》等"名人传记"。当时社会萎靡之风逐渐蔓延，罗兰作为一个作家，深感羞愧。他觉得应该唤醒世人，便写出了《名人传》，他把《名人传》称为现代的英雄史诗，希望告诉人们：在一个物质生活极度丰富而精神生活相对贫弱的时代，在一个人们躲避崇高、告别崇高而自甘平庸的社会里，这些巨人的生涯就像一面明镜，使我们的卑劣与渺小纤毫毕现。我们宁愿去赞美他们的作品而不愿去感受他们人格的伟大，在这种情况下罗曼·罗兰创作了《名人传》。

二 学习目标

1. 浏览阅读《平凡的世界》《名人传》两本书，通过梳理两部作品中的人物经历，了解作品中主要人物的故事及性格、成就，建构阅读整本书的经验，形成适合自己的读书方法。

2. 运用精读的方法，借助专题阅读、比较阅读等形式，探究"磨难对实现自我价值的作用"，提升思维的深刻性和批判性。

3. 通过写推荐信、成果展示等阅读情景的创设，感受作品中"磨难对实现自我价值的作用"，提升阅读鉴赏力，促进对实现自我价值的学习和思考，形成正确的世界观、人生观和价值观，指导自我成长。

如何阅读 《平凡的世界》《名人传》？

三 学习任务规划

学习阶段		阅读阶段一： 感受《平凡的世界》中的人物形象	阅读阶段二： 体会《名人传》中的人物经历和人物形象	阅读阶段三： 综合探究两部作品带来的"磨难对实现自我价值的作用"的探讨
任务一	内容	阅读《平凡的世界》这部书，说一说"我眼中的孙少平（或孙少安）"。	学校将要举办"名著经典人物"评选活动，你推荐了贝多芬（米开朗琪罗或托尔斯泰）这个人物形象，请你结合文章内容为你推荐的人物写一封推荐信。	习近平总书记曾经说过，"幸福都是奋斗出来的"。请结合你的经历和感悟，谈谈"磨难对实现自我价值的作用"。
	说明	此任务设计目的是运用浏览、略读、跳读的方法阅读整本书，回顾文章内容，梳理本书的故事情节，初步了解人物的形象和相关的内容，对小说的主题有大致了解。	在整体感知的基础上，采用精读的方法，理解主要人物的形象塑造与"磨难能实现人生的自我价值"之间的关系。	深入探究"磨难对实现自我价值的作用"，获得启迪，引发思考，培养自己独特思维的思辨性，形成正确的世界观、人生观和价值观。
任务二	内容	假如你是一名记者，请你列一份采访提纲，采访一下《平凡的世界》这部书的主人公，让我们清楚地了解他的经历和内心世界。	现在德国波恩、意大利佛罗伦萨、俄国图拉省克拉皮文县将要申请世界文化遗产保护，请你选择一座城市，为这个城市的文化名人写一份介绍，作为本城市的"申遗报告"。	学校准备举办"磨难对人成长的作用"主题演讲活动，请你结合《平凡的世界》《名人传》《钢铁是怎样炼成的》这几部书，写一篇演讲稿。

学习阶段	阅读阶段一：感受《平凡的世界》中的人物形象	阅读阶段二：体会《名人传》中的人物经历和人物形象	阅读阶段三：综合探究两部作品带来的"磨难对实现自我价值的作用"的探讨
任务二 说明	在初步了解人物形象的基础上，采用名著"闪回"的策略，精读、重读关于人物形象的经历的内容，进一步走进人物的内心世界，并探讨形成这样的人物形象的原因，构建阅读主体对人物形象及内心世界的探究和再创造。	此任务设计是利用申遗报告的形式，从文化名人的角度，对名著中的人物经历和人物形象再次概括与提升，了解磨难对人物成长经历和实现自我价值的作用。	此任务主要是在前几个环节的基础上，通过精读著作，对人物形象深入了解，经过分析、再加工，形成自己的思辨能力，对两部书的主题有自己独特的认识，把自己的观点鲜明、条理清晰地表达出来。

四 学习任务现场

阅读阶段一：感受《平凡的世界》中的人物形象

【任务一】

阅读《平凡的世界》这本书，结合文章内容说一说"我眼中的孙少平（或孙少安）"。

【设计意图】

此任务设计目的是运用浏览、略读、跳读的方法阅读整本书，回顾文章内容，梳理整本书的故事情节，初步了解人物的形象和相关的内容，对小说的主题有大致了解。

【成果展示】

学生作品

我眼中的孙少平

孙少平,一个有着不平凡思想、不甘于平凡生活的人,却最终还是回到了平凡的生活里面。

孙少平背负着沉重的家庭负担来到当地县城念高中,高中毕业的少平不甘心在家务农而独自来到异地的煤矿当矿工。工作、感情生活不断地锻造着他,最后凭自己的努力成为矿工组长。故事最后少平因为矿难而毁容,在养伤期间他进一步成熟;他拒绝了脱离苦难的矿工生活、拒绝了留在县城的机会,毅然回到了矿区,完成了平凡向伟大的蜕变。

他从不计较个人的得失,他奋不顾身地救下羞辱过他的侯玉英;不计前嫌帮伤害过他的郝红梅处理偷手帕事件;不惜丢掉工作来援助受辱的弱女;舍身救出身陷险境的工友……

【作品评析】

此学习任务是建构在整本书阅读的基础上,采用"内容重构"和"信息提取与概括"的策略,结合自己对文章内容的理解,筛取与人物相关的故事情节,建构自己对主要人物形象和主题的理解与感悟。

【任务二】

假如你是一名记者,请你列一份采访提纲,采访一下《平凡的世界》这部书的主人公,让我们清楚地了解他的经历和内心世界。

【设计意图】

此学习任务通过采访提纲的形式,在初步了解人物形象的基础上,采用名著"闪回"的策略,精读、重读关于人物形象的经历的内容,进一步走进人物的内心世界,并探讨形成这样的人物形象的原因，实现学生对人物形象及内心世界的探究和再创造。

【成果展示】

学生作品

关于孙少平的采访稿

"我们平凡，但不能甘于平凡。"

《平凡的世界》，路遥老师向我们描绘了在苦难的生活中，人们是如何捍卫自己的自尊，执着追求理想中的世界。主人公孙少平的经历，可歌可泣。在他的背后，总有着一些不为人知的刻苦努力。今天，我们有幸采访到主人公孙少平。

1. 记者："您好，孙少平。很多人都很想知道，在童年那段吃穿用度不足的时光里，你是如何坚持下来，刻苦学习的？"

目的：了解孙少平童年的人物性格。

2. 记者："每一个人都有一段美好的恋情，我相信您也一定有。那么，您是怎么看待自己和田晓霞之间的恋情呢？"

目的：了解孙少平的恋爱历程，侧面理解孙少平的生活经历，与读者产生共鸣。

3. 记者："哥哥为你们这个家庭做出了很大的贡献，甚至辍学供养家庭，对此，您有什么看法吗？"

目的：了解孙少平与孙少安的兄弟情谊，以及孙少平对家庭的态度和性格特点。

4. 记者："高中毕业后，您为什么会放弃读大学，选择回乡教书？"

目的：了解当时的社会背景和贫穷人们受到社会压迫的悲惨情景。

5. 记者："从农民转型到工人，对此您有什么样的看法？"

目的：了解社会环境对于人的影响，以及孙少平对自己不同身份的看法。

【作品评析】

通过采访稿的形式，采用"闪回"策略，经过对内容的重组，学生对本书的人物形象和主题有了自己的理解。问题设计合理，有深度，紧紧围绕主题，说明经过了深入思考。目的明确，通过采访，主人公的形象就栩栩如生地展现在我们面前。

阅读阶段二：体会《名人传》中的人物经历和人物形象

【任务一】

学校将要举办"名著经典人物"评选活动，你推荐了贝多芬（米开朗琪罗或托尔斯泰）这个人物形象，请你结合文章内容为你推荐的人物写一封推荐信。

【设计意图】

此学习任务是在整体感知的基础上，采用精读的方法，理解主要人物的形象塑造与"磨难能实现人生的自我价值"之间的关系。采用推荐信的方式来推荐你喜爱的人物，既抓住了人物形象与主题的关系，又把对人物形象的理解放在创设语言环境中，便于学生理解和感悟。

【成果展示】

学生作品

名著经典人物推荐——贝多芬

尊敬的各位老师、同学们：

大家好！

贝多芬出生于德国波恩，维也纳古典乐派代表人物之一，欧洲古典主义时期作曲家。贝多芬在父亲严厉苛责的教育下度过了童年，造就了他倔强、敏感、激动的性格。他创作了数量众多的音乐作品，并且通过强烈的艺术感染力和雄伟气魄，将古典主义音乐推向高峰，并预示了19世纪浪漫主义音乐的到来。1827年3月26日，贝多芬在维也纳去世，享年57岁。

从1796年开始，贝多芬的耳朵日夜作响，听觉越来越衰退。后来，他爱上了一位名叫朱丽安塔的姑娘。但朱丽安塔自私，爱慕虚荣，并且最后嫁给了一个伯爵，令贝多芬十分痛苦。再加上此时他已失聪，肉体与精神的双重折磨令他备受打击，全部反映在幻想鸣奏曲等作品中。席卷欧洲的革命波及了维也纳，贝多芬的情绪开始高涨，他创作了许多举世闻名的作品，并与布伦瑞克小姐订婚。不幸的是，爱情又一次把他遗弃了。这时的贝多芬正处于创作的极盛时期，他受到了世人的瞩目，但接踵而来的是最悲惨的时期：经济困窘，亲朋好友一个个死亡离散，完全失去了听力，和人们交流只能在纸上进行。面对生活的苦难，贝多芬并没有屈服，他以自己的创作风格，扭转了维也纳当时轻浮的风气，发泄了自己内心的悲哀、不满、郁闷之情。

贝多芬虽然遭遇病痛的折磨，但他仍不放弃音乐，不放弃自己的理想，自强不息，坚忍不拔。他在人生困顿的征途上，为追求真理和正义，创造能表现真善美且不朽的巧作，献出了毕生的精力。他坚信，只要自己的灵魂能够坚忍果敢，不因悲痛与劫难而一味沉沦，那么就定能冲破肉身的束缚，奔向人生的崇高境界！

贝多芬虽然在生活中饱受苦难，却在音乐的世界里用温暖用力量用欢乐战胜了人生的苦难，让人超越权力、富贵、物质、疾病、痛苦、孤独甚至死亡的束缚，不甘平庸。让人获得朋友般的心灵慰藉，获得继续前行的勇气和力量，让人类超越卑微与渺小，超越平凡与庸俗，获得与神同在的尊严！

以上是我推荐贝多芬的理由，谢谢阅览。

【作品评析】

从学生作品看，通过精读关于人物的主要经历和故事情节的相关内容，经过比较分析，在初步形成的人物形象的基础上，对人物有了更深刻的理解。进一步感知到了"磨难对实现自我价值"的作用，构建了对这个主题的初步认识，并初步思考一个人经历的磨难到底会对人生起到什么作用的问题。

【任务二】

现在德国波恩、意大利佛罗伦萨、俄国图拉省克拉皮文县将要申请世界文化遗产保护，请你选择一座城市，为这个城市的文化名人写一份介绍，作为本城市的"申遗报告"。

【设计意图】

此任务设计是利用申遗报告的形式，从文化名人的角度，对名著中的人物经历和人物形象再次概括与提升，了解磨难对人物成长经历和实现自我价值的作用，锻炼学生的表达与交流能力。

【成果展示】

学生作品

为托尔斯泰的故乡亚斯纳亚·波利亚纳申遗

亚斯纳亚·波利亚纳庄园是列夫·托尔斯泰写下《战争与和平》《安娜·卡列尼娜》等名著的地方。庄园里松柏挺拔秀丽，白桦亭亭玉立，呈现一片青翠欲滴的绿色世界。而托尔斯泰的遗体安葬在离庄园内塔楼1.5里的森林谷地里。遵照他生前的嘱咐，墓地不设墓碑，不作任何装饰。托尔斯泰墓地周围簇簇鲜花，古老的橡树和菩提树环绕掩映。

列夫·托尔斯泰在年轻时，也曾有过肆意挥霍的任性的时光，可是后来的经历，使他的生活发生了巨大的变化。1859至1862年间几乎中辍创作，先后在亚斯纳亚·波利亚纳和附近农村为农民子弟办了20多所学校，并曾研究俄国和西欧的教育制度，1860至1861年还到德国、法国、意大利、英国和比利时等国考察各国学校，表现出了他对于民生疾苦有着很强的洞悉感，对于知识的无限需求，一直想要给学生们好的学习环境和教育体系。同时，托尔斯泰具有独创性，他厌恶了自己周围的贵族生活，不时从事体力劳动，与农民一块耕地、缝鞋，为农民盖房子，摒弃奢侈，持斋吃素。在被剥削被压迫的奴隶制生活中，选择与贫民一同战斗。还曾在迁居莫斯科时，访问贫民窟，了解下层人民生活的疾苦。在71岁的时候还完成了《复活》这一晚年最重要的作品，这部作品撕去了俄国贵族资产阶级的假面具，无情地批判了贵族的虚伪本质。

列宁曾经评价他是"俄国革命的镜子"，是具有"最清醒的现实主义"的"天才艺术家"。不认识托尔斯泰不可能认识俄罗斯。如今，庄园变成了一所博物馆，许多游客慕名而来，想要了解托尔斯泰的生活和经历，然而他所遗留的精神已经烙印在世界的画卷中，永远不可能消逝。所以，我要为亚斯纳亚·波利亚纳申遗。

【作品评析】

此任务通过申遗报告的形式，采用创设情境的策略，让学生对名著中的人物经历和人物形象再次概括，提升认知。学生思想活跃，见解深刻，表达清晰，条理清楚。

阅读阶段三：综合探究两部作品带来的"磨难对实现自我价值的作用"的探讨

【任务一】

习近平总书记曾经说过，"幸福都是奋斗出来的"。请结合你的经历和感悟，谈谈"磨难对实现自我价值的作用"。

【设计意图】

此任务利用人物身份的转换，结合具体的故事情节，促进学生再读、精读原书，反复品读欣赏文字，深入探究"磨难对实现自我价值的作用"，获得启迪，引发思考，鼓励学生分析质疑和多元化解读,并能够阐发自己的观点,增进思维的深刻性和灵活性,培养自己独特思维的思辨性,形成正确的世界观、人生观和价值观。

【成果展示】

学生作品1

磨难可以实现人生价值

在我们人生中的这若干年中,大家一定多多少少经历过一些磨砺。在磨砺过后,我们也会在一些方面得到提高。所以我认为,磨砺能使人成长,只有经受过风雨的考验,我们才能感受到雨过天晴的明媚,实现自己的人生价值。

正如《平凡的世界》中的孙少平,他是一个穷困的农村青年,可无论是吃着高粱面馍、喝着剩菜汤的高中生活,还是下地务农的农民生活,甚至走出农村后艰苦不易的打工生活,这些困难都没有对他的道德修养形成束缚。他在人生路上遇到的这些困难,不正是生活对他的磨砺吗?但他没有放弃,而是选择了继续走下去。这些磨砺,使他每时每刻都昂扬着精神的高傲,挥洒着灵魂的矜持。在奋斗途中,他遇到了与自己志同道合的田晓霞,在最后他与深爱着自己的惠英在一起。这些不正是上天对他的磨砺过后的奖励吗?

当我们经历磨难的时候,或许会感到迷茫、痛苦,会感到慌张无措。但这时,请你不要害怕,请你鼓起勇气,再次站起来,与他人一同奔跑,向终点线进发。这些努力,不是一朝一夕能够见效的,需要我们不畏艰难,勇于拼搏,持之以恒地去奋斗。只要我们努力,经受住这些磨砺,上天定不会辜负我们。有朝一日,我们定会一鸣惊人。

历史上有多少著名的人物,也是在磨砺过后实现自己的人生价值的。齐国的一代名相管仲,是在监狱中被释放并受到重用的。受人重用的贤臣百里奚,是在市井中得到了秦穆公的赏识。甚至被我们熟知的舜,也是在耕地劳作时被起用的!

在你觉得自己的前途渺茫时,不要轻言放弃。"故天将降大任于斯人也,必先苦其心志，劳其筋骨，饿其体肤，空乏其身，行拂乱其所为，所以动心忍性，曾益其所不能。"当你回过头，细数种种历史人物，你会发现现在所经历的磨难不过是上天对你的考验，这是你即将实现目标的信号。在磨砺之后，你自然会尝到甜头。这时你会拥有之前不曾有过的能力，你会得到人们的赏识，你会在人群中脱颖而出。因为你在其他人放弃时选择了坚持，你走过了别人走不下去的艰难的道路。更重要的是，你在成长的路上迈出了意义深远的一步。

学生作品2

磨难可以使人从原点开始

> 不积跬步，无以至千里。
> ——题记

原点是什么？是基础，是起点，是一切事物开始的一点。再远的路，走完也需要迈出第一步；再完美的画作，画完也需要刚下笔的一瞬；再伟大的发明，也需要有最开始的想法……每件事物，都有个起点开始。

上了初三以后，刚开始我并无什么改变，我还是和以前一样地学习，没有什么长进。此后的一段时间，我发现我越来越不在状态，成绩也有所退步。陷入迷茫而又自卑的我，开始逃避老师的目光，不想受到老师的关注。就这样，我得过且过地过了一天又一天。

直到有一天，我被班主任叫到办公室，站在门前，心里忐忑不安。我当然知道为什么叫我来，可那时的我还未准备甚至也不想面对这一现实。

最后，我狠了下心，敲开了办公室的门，走到我的老师面前。老师发现了我，她从铺满卷子的桌上抬起头，静静地看着我，许久后轻轻地对我说："你知道我为什么叫你来吗？""知道，我……"一时间我竟说不出什么，我知道这是暴风雨前的最后一丝宁静，我低下了头，准备接受老师的责罚。

只听见老师叹了口气对我说："你……还是需要再有些改变啊……"出乎我

的意料，那想象中的暴风雨并没有如期而至。我抬起头，望向老师，她眼中的目光，流露出的鼓励伴随着落日的余晖一起映照在我的心田，点亮了我前方的道路。

回到家，我坐在桌前，静静地回味老师的话，"在结果没有出来之前，一切不是定数"。那一刻，我想明白了，想结束自己上初中以来浑浑噩噩的学习态度，想从现在开始改变自己。那时，我真正意识到我以前所作所为是如此的不堪，也是从那时起，下定决心想要真正地有所改变。

那天过后，我开始在微小的细节上一点一点地做出改变，将过去的一切都清零，从原点开始，一步一步地回归到学习的正轨上。

当你误入歧途，悬崖勒马之时，就当一切回到原点，从头开始，重新开始新的征程。

从原点开始，也许一切都会有所不同。

【作品评析】

此学习任务是建立在前几个学习任务的基础上，谈谈磨难对自己所起的作用，能够促进学生对这本书的深入思考和理解。从学生作品看，这一任务完成得很好，学生从不同角度抒发了自己的感受和观点，形成自己独特的认识，感受到了磨难对实现自我价值方面起到的作用，思路完整，表达清晰。

【任务二】

学校准备举办"磨难对人成长的作用"主题演讲活动，请你结合《平凡的世界》《名人传》《钢铁是怎样炼成的》这几部书，写一篇演讲稿。

【设计意图】

此任务主要是在前几个环节的基础上，通过精读著作，对人物形象的深入了解，对两部书的主题产生自己独特的认识，经过分析、再加工，形成自己的思辨能力，把自己的观点鲜明、条理清晰地表达出来。

【成果展示】

学生作品

磨难可以更好地实现人生的自我价值

各位同学、老师：

大家好！

如今的社会，压力大成了普遍存在于各个年龄段的严重问题，随之带来的问题也是愈演愈烈，抑郁症也成了如今的热门话题。

我相信，大家一定经历过大大小小的磨砺，磨砺之后你又收获到了什么呢？我记得，在《平凡的世界》中有过这样一段话："生活不能等待别人来安排，要自己去争取和奋斗；而不论其结果是喜是悲，但可以慰藉的是，你总不枉在这世界上活了一场。"有了这样的认识，你就会珍重生活，而不会玩世不恭；同时，也会给人自身注入一种强大的内在力量。同样，在《钢铁是怎样炼成的》中，保尔12岁就被迫辍学去做工，生活在社会的最底层。少年时因救地下党而被匪兵折磨毒打却不向敌人透露任何消息。参加红军后，战斗中大腿受伤，头部炸伤，右眼失明。修筑铁路时带领同伴奋战在工地上，起得最早，睡得最晚，满身伤残的保尔患了关节炎，严重的伤寒病几乎令他丧命。从死亡线上挣扎回来后，保尔继续没命地工作。糟糕的身体让他进了疗养院，而后他又提前离开，之后又再次因车祸住进医院。收到抚恤金的同时，他还收到了残疾证明书，而此时保尔仅仅24岁。带着从未有过的绝望，保尔坐在黑海港口公园里，抱着头，沉思着：失去了最可贵的战斗力，为什么还要活着呢？他用枪对准了自己，然而保尔之所以成为英雄，就在于坚强的保尔战胜了懦弱的保尔，他决心活下去，他要让生命绽放出全部的辉煌。怀着从事文学创作这个新的理想，他阅读了许多古典文学作品，念函授大学第一学期的课程，两腿完全瘫痪了，只有右手还听使唤。接着，左眼也失明了。但他很镇静，他相信自己不是一个百分之百的残疾。眼睛看不见，就借助无线广播学习，写字时用硬纸板框中间卡出的缝限制铅笔进行写作。他的小说《暴风雨所诞生的》就是在这种艰难的情况下完成的，作品问世后大受欢迎，保尔的心沸腾了，他又拿起了新的武器，走向队伍，开始了新的生活。保尔的精神使我受益匪浅，它教会我应该勇于去拼搏，去奋斗，敢于向命运、向自然、向挫折挑战。人只有在这种英勇的拼搏中才能进步，发挥你所想象不到的潜能。

在学习生活中也是如此，被老师批评，考试失利都是我们一定会经历的事，但人与人的区别就是谁能在摔倒后重新站起来继续奔跑，成为最后的胜者，实现人生的价值，仔细思考，你是否做到了？

是时候逼自己一把了，你会发现，你的潜能是你所想象不到的！

谢谢大家！

【作品评析】

学生经历了粗读、略读、精读、鉴赏与评价、再加工和再创造，通过演讲的活动形式，结合两本书和《钢铁是怎样炼成的》内容，形成思辨的思维方式，建立自己独特的观点。并通过缜密的思维，清晰的表达，与其他同学分享、交流，又加深了对两本书主题的理解。

五 学习效果评价

评价采用自我评价、小组评价（量化表打分）、生生评价（量化打分与写评语）、教师点评、演讲竞赛评分的形式相结合。

思维品质＼评价内容	评价内容	好	较好	一般	较差
整体感知	识记相关的语言材料，如：成语典故、名言警句等。				
	识记经典名著所涉及的重要文学、文化常识。				
	提取基本要素、重要细节和关键语句，排除干扰性信息。				
	从话语、文本中发现重要的信息，做到信息提取真实、准确。				
	能概括名著的主要内容、思想情感和写作特点。				
	能理清名著思路。				
鉴赏评价	品味和推敲重要词句、语段的含义及其在语言环境中的作用。				
	理解名著的深层含义，体悟经典名著所蕴含的文学文化内涵。				
	对所积累的内容有自己的评价。				
批判思维	批判赏析经典名著的思想内容、结构安排和语言表达。				
	批判赏析经典名著中蕴含的民族心理和时代精神，加深对人类社会生活和情感世界的认识和思考。				
	创造性地解释、化用，尝试改写或创作。				
	针对具体情境，就相关问题提出合理可行的解决方法或方案。				

图中的学生作品主要作为学习任务与成果展示的范例，均为老师提供，已获得学生授权。由于是扫描件，不可修改，其中难免有错误与遗漏之处，请见谅。

图书在版编目（CIP）数据

整本书阅读课程化训练. 八. 下 / 朱艳春主编. --
长春：吉林出版集团股份有限公司, 2019.10
（互联网+创新版　语文新课标必读丛书）
ISBN 978-7-5581-7814-6

Ⅰ. ①整… Ⅱ. ①朱… Ⅲ. ①阅读课—初中—教学参考资料 Ⅳ. ①G634.333

中国版本图书馆CIP数据核字(2019)第224624号

整本书阅读课程化训练　八·下
ZHENGBENSHU YUEDU KECHENGHUA XUNLIAN　BA　XIA

主　　编：	朱艳春
责任编辑：	朱　玲
封面设计：	李迎春
开　　本：	710mm×1000mm　1/16
字　　数：	140千字
印　　张：	7.5
版　　次：	2019年10月第1版
印　　次：	2019年10月第1次印刷

出　　版：	吉林出版集团股份有限公司
发　　行：	吉林出版集团外语教育有限公司
地　　址：	长春市福祉大路5788号龙腾国际大厦B座7层
电　　话：	总编办：0431-81629929
	数字部：0431-81629937
	发行部：0431-81629927　0431-81629921(Fax)
网　　址：	www.360hours.com
印　　刷：	天津旭非印刷有限公司

ISBN 978-7-5581-7814-6　　　定　价：20.00元
版权所有　侵权必究　　　举报电话：0431-81629929